用 " 關鍵字 " 學日文

孫金羨　編著　　搜尋

GO!

書泉出版社 印行

（目　次）

あ

關鍵字	搭配詞	例句
あいきょう 【愛嬌】	愛嬌がある (可愛)	娘は人懐っこく、愛嬌がある子です。 女兒是一位易與人親近又可愛的孩子。
	愛嬌をふりまく (獻殷勤)	人前で盛んに愛嬌をふりまく。 在人前狂獻殷勤。
あいさつ 【挨拶】	挨拶を申し上げる (致詞)	ちょっとご挨拶を申し上げます。 讓我來說幾句話。
	挨拶に困る (無言以對)	そう言われて挨拶に困った。 被人家這麼一說，我便無言以對。
あいちゃく 【愛着】	愛着を感じる (戀戀不捨)	母校に愛着を感じる。 我對母校感到戀戀不捨。
	愛着がある (有感情)	十年も乗った車に愛着がある。 對於已經乘坐十年的車有感情了。
あいしょう 【相性】	相性がいい (投緣)	彼ら二人は相性がいい。 他們兩個很投緣。
	相性が悪い (不合)	あの人とは相性が悪い。 (我)跟那個人不合。

關鍵字	搭配詞	例句
あいじょう 【愛情】	愛情 を持つ (有熱情)	私 は仕事に愛情を持つ。 我熱愛工作。
	愛情 を注ぐ (注入愛情)	子供には無条件の愛情を注ぐべきである。 應該給予小孩子無條件的愛。
あいず 【合図】	合図を送る (送暗號)	片手を挙げて合図を送る。 舉起單手送暗號。
	合図する (打暗號)	手を振って合図をする。 揮手打暗號。
あいそ 【愛想】	愛想がない (冷淡)	わが子が愛想がなく非常にマイペースです。 我家小孩很冷淡且非常我行我素。
	愛想が尽きる (討厭)	彼女には愛想が尽きた。 我很討厭她。
あいだ 【間】	間を置く (間隔)	町には一定の間を置いて花が植わっている。 在街道上每隔一定的距離種花。
	間をあける (留出間隔)	行と行の間をあける。 行間留出間隔。
あいつぐ 【相次ぐ】	相次ぐ台風 (接連不斷的颱風)	その一帯は相次ぐ台風に見舞われた。 這一帶接連不斷遭受颱風的侵襲。

關鍵字	搭配詞	例句
	相次いで起こる (接二連三地發生)	各地で地震が相次いで起こっていた。 各地接二連生的發生地震。
あいて 【相手】	相手にする (理睬)	彼女は誰も相手にしない。 她誰都不理。
	相手になる (成爲對手)	あのような人は相手にならない。 那樣的人不能做我的對手。
あいのり 【相乗り】	タクシーに相乗りする (共乘計程車)	電車がないのでタクシーに相乗りしてくれそうな人を探している。 因爲沒有電車了，正在尋找可以共乘計程車的人。
	計画に相乗りする (共同參加計畫)	私もその計画に相乗りしましょう。 我也參加那個計畫吧。
あいま 【合間】	合間を縫う (抽空)	彼は仕事の合間を縫ってそそくさと彼女に会いに行った。 他趁工作空檔悄悄地去見女朋友。
	合間を見る (找空檔)	テストの合間を見てひさしぶりにネットをしてみた。 趁考試的空檔久違的上網。
あいまい 【曖昧】	曖昧な返事 (曖昧不明的回答)	好きな人に告白しても曖昧な返事ばかりです。 向喜歡的人告白也只是得到曖昧不明的回答。

關鍵字	搭配詞	例句
	曖昧_{あいまい}なことを言_いう (含糊其辭)	自分_{じぶん}には、曖昧_{あいまい}なこと言_いうクセがあります。 自己有一個含糊其詞的毛病。
あう 【合う】	趣味_{しゅみ}に合_あう (適合興趣)	その活動_{かつどう}は私_{わたし}の趣味_{しゅみ}に合_あわない。 那個活動不合我的興趣。
	事実_{じじつ}と合_あう (與事實相符)	そのニュースは事実_{じじつ}と合_あわない。 那則新聞與事實不符。
あか【垢】	垢_{あか}を落_おとす (去污)	入浴_{にゅうよく}の目的_{もくてき}の一_{ひと}つは垢_{あか}を落_おとすことである。 洗澡的其中一個目的就是去掉污垢。
	垢_{あか}がつく (長水鏽)	コップに垢_{あか}がついた。 杯子長了水鏽。
あかす 【明かす】	理由_{りゆう}を明_あかす (説出理由)	彼_{かれ}は学校_{がっこう}に来_こられなかった理由_{りゆう}を明_あかした。 他說出沒有來學校的理由。
	秘密_{ひみつ}を明_あかす (揭露秘密)	彼_{かれ}にしか秘密_{ひみつ}を明_あかさなかった。 我只對他説秘密。
あがる 【上がる】	階段_{かいだん}を上_あがる (爬樓梯)	彼_{かれ}は階段_{かいだん}を上_あがってきた。 他爬樓梯上來了。
	風呂_{ふろ}から上_あがる (洗好澡)	私_{わたし}は風呂_{ふろ}から上_あがったばかりだ。 我剛洗好澡。

關鍵字	搭配詞	例句
あかるい 【明るい】	明るい色 (明亮的顔色)	派手さまたは明るい色によって注意を引きつける。 利用鮮豔或明亮的顔色來引人注意。
	気分が明るい (心情愉快)	楽しいことを考えているだけで、次第に気分が明るくになる。 只要想開心的事，心情就會變得愉快。
あき 【空き】	空きを埋める (塡空)	彼の空きを埋めないと仕事が進まない。 不塡補他的空位，工作便無法進行。
	空きがない (沒有空位)	私はすぐに働きたいのですが、現在、市内の保育園の空きがないようです。 我雖然想立刻工作，可是現在市内的托兒所似乎沒有空位。
あける 【開ける】	窓を開ける (開窗戶)	暑いから窓を開けてください。 因爲很熱請打開窗戶。
	ドアを開ける (開門)	私の母は私の部屋のドアを開けるとき、ノックもなしに、いきなり開けます。 我媽媽在打開我的房門時，總是沒有敲門就突然打開。

關鍵字	搭配詞	例句
あご【顎】	顎がくたびれる (疲乏)	長時間話し続けて顎がくたびれた。 長時間講話我感到疲乏。
	顎が落ちる (下巴掉下來)	料理は顎が落ちるほどおいしかった。 料理好吃到下巴要掉下來了。
あし【足】	足が速い (腳程快)	王さんは今クラス一番足が速いです。 王同學是現在班上跑得最快的。
	足を伸ばす (前往)	ふと思いついて台北まで足を伸ばした。 臨時一動念就前往台北了。
あじ【味】	味をみる (嚐味道)	秋刀魚の味をみているとビールが飲みたくなった。 嚐了一口秋刀魚就想喝啤酒。
	味をつける (調味道)	ソースや胡椒で味をつけて食べた。 用醬料與胡椒調味後食用。
あしば【足場】	足場が定まる (站穩腳)	足場が定まらなくて立派な仕事はできない。 沒有站穩腳就做不出好工作。
	足場が良い (交通方便)	駅に近くて足場が良い。 離車站近交通方便。
あしもと【足元】	足元を探す (看腳邊)	足元を探してごらん。 你找找看腳邊。

關鍵字	搭配詞	例句
	足元を見る (看眼前的情況)	足元をよく見てから発言したほうがいい。 看清楚現況再發言比較好。
あせ【汗】	汗を掻く (流汗)	暑くて汗を掻く。 天氣熱流汗。
	汗が出る (出汗)	汗が出たら、熱が下がる。 如果出汗，就會退燒。
あだ【仇】	仇を討つ (報仇)	彼はお父さんの仇を討つと宣誓した。 他誓言要報父親的仇。
	仇になる (招來惡果)	親切のつもりが仇となった。 好心腸竟然招來惡果。
あたい【値】	値がある (有價值)	この本は一読の値がある。 這本書有一看的價值。
	値が高い (價值昂貴)	このかばんは値が高い。 這個包包價錢很貴。
あたえる【与える】	ヒントを与える (給予啟發)	私の役目は、学生にヒントを与えることです。 我的責任就是給予學生啟發。
	ショックを与える (給予打擊)	その知らせは同僚にショックを与えた。 那則通知給同事帶來打擊。
あたま【頭】	頭を下げる (低頭)	頭を下げてお辞儀をする。 低下頭來敬禮。

あ

關鍵字	搭配詞	例句
	頭を使う (用腦)	頭を使うとお腹が減る。 一用腦肚子就餓。
	頭に来る (生氣)	頭に来たら、深呼吸しよう。 生氣時深呼吸一下吧。
あたり 【当たり】	当たりを取る (成功)	新人を起用して当たりを取った。 啓用新人獲得成功。
	当たりが悪い (不準)	たまの当たりが悪い。 子彈打得不準。
あつい 【熱い】	熱い涙 (熱淚)	両親への手紙を読みながら熱い涙を流した。 他一邊念給父母親的信，一邊流下熱淚。
	熱い争い (火熱的爭論)	水面下で熱い争いを展開した。 在水面下展開火熱的爭論。
あつい 【厚い】	厚いもてなし (深厚的款待)	一晩だけの家族でしたが、それでも厚いおもてなしを受けた。 雖然只是一個晚上的家人，我卻受到深厚的款待。
	情に厚い (熱情)	母親がとても情に厚い人間だ。 媽媽是一位非常熱情的人
あと【後】	後にする (離開)	故郷を後にする。 離開故郷。

關鍵字	搭配詞	例句
	後を振り向く (向後轉)	突然、彼女は後を振り向いて走り出しました。 她突然向後轉跑了起來。
あと【跡】	跡がつく (留痕跡)	道路にタイヤの跡がついている。 馬路上留下輪胎的痕跡。
	跡を暗ます (銷聲匿跡)	彼は会社のお金を盗んで跡を暗ました。 他偷走公司的錢後銷聲匿跡了。
あな【穴】	穴をあける (虧空)	帳簿に百万円の穴をあける。 帳簿上出現一百萬元的虧空。
	穴をほる (挖洞)	シャベルで地面に穴をほる。 用鐵鍬在地面上挖洞。
あぶら【油】	油が切れる (汽油用完)	このバイクは油が切れている。 這輛機車沒油了。
	油をさす (加油)	機械に油をさす。 給機器加油。
あふれる【溢れる】	涙が溢れる (充滿淚水)	彼女の目から涙が溢れる。 她的眼眶充滿淚水。
	喜びに溢れる (充滿喜悅)	喜びに溢れた毎日を生きていく。 度過充滿喜悅的每一天。
あまい【甘い】	甘い香り (甜美的香味)	バラが甘い香りを漂わせている。 玫瑰散發著一股甜蜜的芳香。

關鍵字	搭配詞	例句
	考え方が甘い (想法天眞)	物事の考え方が甘いと言われた。 我被説對事情的想法太天眞。
あやまち 【過ち】	過ちを犯す (犯錯)	過ちを犯した青年を補導する。 輔導犯錯的青少年。
	過ちを詫びる (認錯)	迷惑を掛けた相手へ素直に過ちを詫びしたほうがいいです。 坦誠的向添麻煩的對方認錯比較好。
	過ちを認める (認錯)	自分の過ちを認めることほど難しいものはない。 沒有比承認自己過錯還難的事情。
あゆみ 【歩み】	歩みを止める (止步)	彼は歩みを止めてあたりの景色を眺めた。 他停下腳步眺望四周的景色。
	歩みがのろい (步調緩慢)	仕事の歩みがのろい。 工作的步調緩慢。
あらた 【新た】	新たに始める (重新開始)	何かを新たに始めることってすごい勇気がいる 重新開始某件事情時是需要很大的勇氣。
	新たな成長 (新的成長)	経済の活性化を目的として、新たな成長が期待できる。 以活化經濟爲目的，可以期待新的成長。

關鍵字	搭配詞	例句
あらわす 【表す】	勝利を表す (表示勝利)	メダルの月桂樹の葉は勝利を表す。 獎牌上月桂樹的樹葉代表勝利。
	不満を表す (表達不滿)	彼女の態度は不満を表している。 她的態度表達著不滿。
あわ【泡】	泡が立つ (起泡)	ビールをグラスに注ぐと泡が立つ。 將啤酒倒進玻璃杯後會起泡。
	泡になる (成爲泡沫)	長い間の努力は水の泡になってしまった。 長久的努力變成泡影。
あわせる 【合わせる】	手を合わせる (雙手合十)	手を合わせて借金を頼んだって駄目です。 即使雙手合十拜託借錢也行不通。
	心を合わせる (同心)	皆で心を合わせて協力してこの困難を乗り越えよう。 大家一起同心協力度過這個困難吧。
あんか 【安価】	安価な商品 (便宜的商品)	比較的安価な商品を売ろうとしている。 販賣比較便宜的商品。
	安価な同情 (廉價的同情)	安価な同情なんかいらない。 我不需要什麼廉價的同情。

あ

關鍵字	搭配詞	例句
あんない 【案内】	道を案内する (帶路)	ロンドンで道に迷った時に親切な人が目的地まで道案内してくれた。 在倫敦迷路時有位親切的人帶路到目的地。
	名所を案内する (介紹名勝)	海外からの観光客に、県内の名所を案内する。 向海外來的觀光客介紹縣内的名勝。
いいかげん 【いい加減】	いい加減な返事 (隨便的回答)	忙しいからいい加減な返事をした。 因爲很忙所以隨便回答。
	いい加減に仕上げる (隨便完成)	いい加減な仕上げで満足してはいけない。 不因隨便的成品而感到滿足。
いいわけ 【言い訳】	言い訳をする (解釋)	筋の通らない言い訳をして責任を負いたくない。 做不合理的辯解不想負責。
	言い訳が立つ (交代)	そんなことをしては言い訳が立たない。 做了那件事交代不過去。
いかり 【怒り】	怒りを招く (惹人生氣)	無責任な発言は彼の怒りを招いた。 不負責任的發言使他大爲氣憤。
	怒りを覚える (感到憤怒)	私は最近、以前にも増して怒りを覚えています。 我最近比以前更常感到憤怒。

12

關鍵字	搭配詞	例句
いき 【息】	息を吐く (呼吸)	息を吐くように嘘をつく。 像呼吸一樣地撒謊。
	息が合う (步調一致)	あの二人の俳優は息がぴったり合っている。 那兩位演員步調很一致。
	息が詰まる (呼吸困難)	その重苦しい雰囲気に息が詰まりそうだった。 我因為那沉重的氣氛而感到喘不過氣來。
いき 【意気】	意気が上がる (氣勢高漲)	彼らは最初の試合に勝って意気が上がった。 他們贏了第一場比賽氣勢高漲。
	意気が合う (意氣相投)	あの二人は意気が合っている。 那兩個人意氣相投。
いきおい 【勢い】	勢いをつける (趁勢)	目の前のことを早くやって、勢いをつける。 趕快做好眼前的事情一鼓作氣。
	勢いがよい (有氣勢)	最近の若者は勢いがよい。 最近的年輕人很有氣勢。
いきる 【生きる】	味が生きる (有味道)	塩の加減で料理の味が生きた。 調整鹽量菜就會有味道。
	希望に生きる (活在希望中)	人は明日の希望に生きる。 人要活在明天的希望裡。

關鍵字	搭配詞	例句
	文章が生きる （文章栩栩如生）	俗語を使用したので文章が生きてきた。 因為使用俗語，所以文章很生動。
いく 【行く】	旅行に行く （去旅行）	夏季休暇を利用して海外に旅行に行くつもりです。 打算利用暑假去海外旅行。
	学校に行く （上學）	彼は自転車で学校へ行く。 他騎腳踏車上學。
	仕事が行く （工作進展）	仕事がうまく行かない原因を見つけ出して、問題を解決しましょう。 找出工作不順利的原因解決問題。
いけん 【意見】	意見を述べる （闡述意見）	私は人前で意見を述べたりするのが苦手です。 我不擅長在人面前述說自己的意見。
	意見を通す （堅持意見）	彼はどこまでも自分の意見を通す。 他很堅持己見。
	意見が合う （意見合）	親と意見が合わない。 我與父母親意見不合。
いし 【意志】	意志が弱い （意志薄弱）	意志の弱い自分に腹が立つ。 對意志薄弱的自己感到生氣。
	意志に背く （違背意志）	自分の意志に背くような事はするな。 不要做違背自己意志的事。

關鍵字	搭配詞	例句
いじ 【意地】	意地が悪い (心眼壞)	彼は意地の悪いことばかり言っている。 他老是説一些心眼壞的話。
	意地を張る (固執)	つまらないことに意地を張るな。 不要拘泥在無聊的事情上。
いしき 【意識】	意識が低い (意識低迷)	若者は選挙に対する意識が低いようです。 年輕人對選舉的意識似乎很低。
	意識を失う (失去意識)	意識を失って倒れる。 失去意識昏倒。
いたい 【痛い】	腰が痛い (腰痛)	朝、腰が痛くてまっすぐに起き上がれない。 早上腰痛沒有辦法站直。
	頭が痛い (頭痛)	問題が多すぎて頭が痛い。 問題太多頭痛。
いち 【位置】	位置を占める (佔位置)	この問題は重要な位置を占める。 這個問題佔了重要的位置。
	位置につく (就位)	所定の位置につく。 就定位。
いっしょ 【一緒】	一緒する (一起)	途中までご一緒しましょう。 我們一起走到半路吧。
	一緒になる (結婚)	彼はその娘と一緒になった。 他跟那位女生結婚了。

15

關鍵字	搭配詞	例句
いのち 【命】	命を拾う (救命)	妻の忠告で命を拾った。 由於妻子的忠告而撿回一條命。
	命が尽きる (生命終了)	命が尽きるまで夢を追いかけよう。 追尋夢想直到生命終了。
いよく 【意欲】	意欲を高める (提高慾望)	仕事への意欲高めるコツを教えてください。 請教我提升工作慾望的訣竅。
	意欲が湧く (慾望湧現)	創作意欲が湧いてきている。 創作慾望湧現。
いらい 【依頼】	依頼に応じる (接受委託)	顧客の依頼に応じて製品開発をしている。 接受顧客的委託開發產品。
	他人に依頼する (依頼人)	他人に依頼せず自分でやりなさい。 請不要依頼他人要自己做。
いれる 【入れる】	車をカレージに入れる (把車停進車庫裡)	彼は車をガレージに入れた。 他把車停到車庫裡。
	砂糖を入れる (加糖)	私はコーヒーを飲むとき、いつも砂糖を入れない。 我喝咖啡時總是不加糖。
いろ【色】	色が落ちる (褪色)	このタオルは洗濯すると色が落ちる。 這個毛巾一洗就會褪色。

關鍵字	搭配詞	例句
	色を失う (失色)	社長が直接指名したので、彼は色を失っていた。 因爲社長直接點名，他大驚失色。
いんしょう 【印象】	印象を与える (給予印象)	その本は誤った日本の印象を与えている。 那本書給人錯誤的日本印象。
	印象を残す (留下印象)	面接官に印象を残すために大切なコツを教えてください。 爲了讓面試官留下印象，請告訴我重要的訣竅。
うかがう 【伺う】	意見を伺う (詢問意見)	この取引の交渉方法について、ご意見を伺いたいのです。 關於這個交易的交涉方法想詢問您的意見。
	こちらから伺う (前往拜訪)	明日こちらからご自宅までお伺いします。 明天我們會前往到貴府拜訪。
うけいれる 【受け入れる】	意見を受け入れる (接受意見)	友人は相変わらず、まったく人の意見を受け入れられないらしい。 朋友還是一樣完全不接受別人的意見。
	難民を受け入れる (接納難民)	日本は合計8000人以上の難民を受け入れることになりました。 日本合計收容了8千名以上的難民。
うける 【受ける】	注文を受ける (接受訂貨)	電話やファクスで注文を受けられる。 可透過電話與傳真接受訂貨。

關鍵字	搭配詞	例句
	電話を受ける (接電話)	海外からの電話を受けられない。 無法接聽從國外打來的電話。
	後を受ける (接在後面)	彼の後を受けて私が話をした。 我接在他後面講。
うごかす 【動かす】	体を動かす (活動身體)	体を動かす習慣をつけよう。 養成活動身體的習慣吧!
	心を動かす (打動人心)	声で人の心を動かす。 透過聲音來打動人心。
	決心を動かす (動搖決心)	彼の決心を動かす出来事が起きました。 發生一件動搖他的決心的事情。
うごく 【動く】	心が動く (心動)	旅行に誘われて、少し心が動いた。 受邀去旅行，有點心動。
	電車が動く (電車行駛)	台風で電車が動けなくなった。 因為颱風電車無法行駛。
うしなう 【失う】	信用を失う (失去信任)	その事件は彼の信用を失わせた。 那件事情使我失去他的信任。
	お金を失う (失去金錢)	お金を失うのは誰だって恐ろしい。 無論是誰都會害怕失去金錢。
うすい 【薄い】	色が薄い (顏色淡)	なんか色が薄いような気がします。 總覺得顏色有點淡。

關鍵字	搭配詞	例句
	望みが薄い (希望薄弱)	私は成功の望みが薄い。 我成功的希望很薄弱。
	空気が薄い (空氣稀薄)	高度の所で空気が薄い。 高處空氣很希薄。
うそ【嘘】	嘘をつく (說謊)	嘘をつく事はいけない。 說謊是不可行的。
	嘘を暴く (拆穿謊言)	警察は嘘を暴いて真犯人を見つけ出した。 警察拆穿謊言找出眞正的犯人。
うたがい 【疑い】	疑いを抱く (懷疑)	彼の過去に関して多くの疑いを抱いている。 關於他的過去，我有許多疑問。
	疑いが晴れる (解除嫌疑)	裁判が終わったら疑いは晴れた。 判決結束嫌疑解除了。
うち【内】	心の内を打ち明ける (說眞心話)	彼は私に心の内を打ち明けた。 他向我說眞心話。
	早い内に (趁早)	子供には英会話をできるだけ早い内に習わせたいと思っています。 我想盡可能讓小孩子趁早學習英文。
うつ 【打つ】	手を打つ (採取措施)	決めた以上は早く手を打ってほしい。 既然決定了，希望可以盡快採取措施。

關鍵字	搭配詞	例句
	心を打つ (扣人心弦)	それに深く心を打たれました。 内心深深被打動。
うつくしい 【美しい】	声が美しい (聲音好聽)	少年は美しい声と姿をもつが、それは「時分の花」にすぎない。 少年雖擁有好聽的聲音與樣貌，卻也只是曇花一現。
	心が美しい (美麗的心)	幸せになるには、美しい心を持つことだと思う。 我覺得要幸福，就要擁有一顆美麗的心。
うったえる 【訴える】	暴力に訴える (訴諸暴力)	暴力に訴えても何も解決しない。 即使訴諸暴力也解決不了任何事。
	苦しみを訴える (訴苦)	苦しみを訴える相手がいない。 沒有可訴苦的對象。
うで【腕】	腕を貸す (幫忙)	辛そうなときには私が腕を貸します。 難受的時候，我會拉妳一把。
	腕がある (有本事)	三郎は頭は悪いが、腕がある。 三郎雖然腦筋不好卻很有本事。
うばう 【奪う】	お金を奪う (搶錢)	彼は通りでお金を奪われた。 他在馬路上被搶錢。

關鍵字	搭配詞	例句
	心を奪う (迷人)	観客は彼女のみごとな演技に心を奪われた。 觀眾被她那精湛的演技給迷住了。
うまい 【旨い】	口が旨い (嘴巴甜)	口が旨い男性はやはりモテます。 會説話的男生果然受歡迎。
	旨い考え (好辦法)	ふと旨い考えが頭の中に浮かんだ。 突然腦子裡浮現一個好辦法。
	旨いこと (好事)	そんな旨いことがあるもんか。 怎麼可能會有這麼好康的事?
うまれ 【生まれ】	生まれが良い (出生良好)	生まれは良いが、育ちが悪い。 出生良好,但教養不好。
	台北の生まれ (台北出生)	私は台北の生まれです。 我是台北出生的。
うめる 【埋める】	ごみを埋める (掩埋垃圾)	ごみを埋めることは、昔から行われていました。 掩埋垃圾是從以前就有的。
	赤字を埋める (填補)	赤字を埋めるために株を売った。 為了填補赤字而賣掉股票。
うら【裏】	裏を取る (查内幕)	警察は2か月の捜査の上、やっと犯行の裏を取ることができた。 警察經過兩個月的捜査,終於查到犯罪的内幕。

關鍵字	搭配詞	例句
	裏の意味 (背後的意義)	日常交わす会話においても、いろいろと裏の意味を含んでいる。 即使日常生活的對話，背後也含有各種意義。
うらぎる 【裏切る】	期待を裏切る (辜負期待)	いつも期待を裏切られてきて辛かった。 期待總是被辜負好痛苦。
	予想を裏切る (出乎意料)	市場の期待が大きく予想を裏切られた。 市場的期待大大的出乎意料之外。
うりきれる 【売り切れる】	チケットが売り切れる (票售完)	何週間前にチケットがもう売り切れました。 好幾個禮拜前票就賣完了。
	商品が売り切れる (商品賣完)	あなたがご注文しようとした商品は売り切れました。 你打算要訂的商品已經賣完了。
うる 【売る】	安く売る (便宜出售)	あのスーパーでは果物を安く売っている。 那間超市便宜出售水果。
	野菜を売る (賣蔬菜)	あの農夫は野菜を売って歩いた。 那位農夫邊走邊賣蔬菜。
うるさい	味にうるさい (挑嘴)	夫は料理が上手で味にうるさい。 老公很擅長料理，對味道很講究。

關鍵字	搭配詞	例句
	うるさい問題 (棘手的問題)	うるさい問題が起こった。 發生了一件棘手的問題。
うれしい 【嬉しい】	嬉しい知らせ (喜訊)	友人から本当に嬉しい知らせを受け取りました。 我從朋友得到一則真的感到開心的訊息。
	嬉しそうな顔 (高興的樣子)	娘がぬいぐるみ抱いて嬉しそうな顔をしている。 女兒抱著玩偶露出高興的樣子。
うれる 【売れる】	名が売れる (聞名)	彼は作家として名が売れている。 他以作家聞名。
	顔が売れる (有名氣)	テレビに出て顔が売れている。 他時常上電視很有名氣。
うわさ 【噂】	噂が立つ (傳聞)	どんなに良い人でも悪い噂は立つものです。 不管是多好的人都會有不好的傳聞。
	噂に上る (成為話題)	彼の家族が噂に上った。 他家成為八卦的話題。
うんてん 【運転】	車を運転する (開車)	車を運転するなら、運転免許証を持つべきです。 若要開車，應該要有駕照。
	重機を運転する (操縱重大機器)	重機を運転する際に資格が必要です。 操作重機械時是需要資格的。

23

關鍵字	搭配詞	例句
え【絵】	絵を描く (畫圖)	絵を描くと楽しい気持ちになったり、リラックスできる。 一畫圖就會感到快樂，並且可以放鬆心情。
	絵が上手だ (擅長畫畫)	絵が上手でなくてもファッションデザイナーになれる。 即使不擅長畫畫也能當服裝設計師。
えいが 【映画】	映画を見る (看電影)	私は週に一回映画を見る。 我一個禮拜看一次電影。
	映画を撮影する (拍電影)	私達は短編の映画を撮影している。 我們正在拍攝一部短片。
えいきょう 【影響】	影響を与える (給予影響)	あなたの人生に影響を与えた本を教えてください。 請告訴我一本影響你人生的書。
	影響を及ぼす (帶來影響)	人口減少が経済に大きな影響を及ぼす。 人口減少給經濟帶來很大的影響。
えがお 【笑顔】	笑顔を作る (故作笑臉)	本当に思っていることを隠すために、笑顔を作ったりする。 爲了隱藏眞正的心思而故作笑臉。
	笑顔を見せる (露出笑臉)	彼女は照れ屋で、なかなか他人に笑顔を見せてくれない。 她很害羞不太在別人露出笑臉。

關鍵字	搭配詞	例句
えがく 【描く】	風景を描く (描繪風景)	カンバスに美しい風景を描く。 在畫布上描繪美麗的風景。
	夢を描く (描繪夢想)	心に大きな夢を描く。 在心中描繪一個大大的夢想。
えさ【餌】	餌をやる (餵飼料)	鶏に餌をやる。 餵雞飼料。
	景品を餌にする (將贈品作爲誘餌)	景品を餌にして客を集める。 將贈品作爲誘餌來聚集客人。
えらい 【偉い】	偉い人 (偉人)	どんな偉い人でも人間だ。 無論是多偉大的人，也只是普通人。
	偉い目に合う (吃到苦頭)	メールの設定ミスで偉い目に合った。 因爲電子郵件設定失誤而吃到苦頭。
えらぶ 【選ぶ】	プレゼントを選ぶ (挑選禮物)	友達のプレゼントを選んでいる時が本当に楽しい時間です。 挑選朋友的禮物眞是段快樂的時光。
	受賞者に選ばれる (獲選爲得獎者)	彼女はコンテストで受賞者に選ばれた。 她參加比賽獲選爲得獎者。
える 【得る】	承認を得る (得到認可)	この件については、私は上司の承認を得ています。 關於這件事我有得到主管的認可。

關鍵字	搭配詞	例句
	要領を得る (領會)	短時間で仕事の要領を得るのは結構難しいです。 在短時間內學會工作的要領是很難的。
えんまん 【円満】	円満に解決する (圓滿解決)	当事者の話し合いで労働問題を円満に解決できた。 透過當事者相互討論圓滿解決勞動問題。
	円満な家庭 (和睦的家庭)	仕事に追われていても夫婦円満な家庭もあります。 也有即使被工作追著跑還是有夫妻依然和睦的家庭。
えんりょ 【遠慮】	遠慮を欠く (欠缺深思熟慮)	この考えはやや遠慮を欠いた。 這個想法稍微欠缺深思熟慮。
	遠慮をなく (不用客氣)	遠慮をなく召し上がってください。 不要客氣請享用。
おう 【追う】	日を追う (逐日)	子供の成長を日を追って記録する。 逐日紀錄孩子的成長。
	理想を追う (追求理想)	理想を追うことは楽しい。 追求理想是快樂的。
おうえん 【応援】	応援を求める (要求支援)	時間内に仕事が終わらない時は、みんなに応援を求める。 無法在時間內完成工作時,向大家請求支援。

關鍵字	搭配詞	例句
	応援に行く (去加油)	明日は子供の運動会から時間の都合をつけて応援に行く。 明天是小孩的運動會，所以要抽出時間去加油。
おおきい 【大きい】	大きい声 (大聲)	大きい声で文章を読んでください。 請大聲朗讀文章。
	荷物が大きい (大行李)	荷物が大きいので梱包を十分に行えません。 因為行李很大無法包裝得很好。
おかげ 【御蔭】	お蔭様で (託您的福)	お蔭様で、合格出来ました。 託您的福我才能和格。
	御蔭で (拜〜所賜)	熟睡した御蔭で気分がいい。 拜熟睡所賜心情很好。
おかしい 【可笑しい】	調子が可笑しい (狀況奇怪)	パソコンの調子が可笑しい。 電腦的況狀有點奇怪。
	そぶりが可笑しい (行為可疑)	彼はそんなに大金を持ってそぶりが可笑しい。 他擁有那麼多錢，行為很可疑。
おくる 【送る】	生活を送る (過生活)	幸せな生活を送る。 過著幸福的生活。
	商品を送る (送商品)	海外へ台湾で販売する商品を送る方法を教えてください。 請告訴我將在台灣販售的商品寄送到國外的方法。

27

關鍵字	搭配詞	例句
おくれる 【遅れる】	学校に遅れる (上學遲到)	朝寝坊したので、学校に遅れた。 因爲早上晚起而上學遲到。
	流行に遅れる (過時)	2年前に買ったバッグを、今引っ張り出して使うと流行に遅れると思う。 兩年前買的包包現在想拿出來用，我覺得過時了。
おしゃべり	おしゃべりをする (聊天)	友達とおしゃべりをして時間を潰した。 與朋友聊天來打發時間。
	おしゃべりな人 (多嘴的人)	おしゃべりな人は信用できないので当然避けられます。 因爲多嘴的人無法信任，所以我當然會避之唯恐不及。
おせじ 【御世辞】	お世辞がうまい (善於奉承)	その付き人はお世辞がうまい。 他的小跟班善於奉承。
	お世辞を言う (説恭維話)	心にもないお世辞を言う。 説些言不由衷的恭維話。
おちる 【落ちる】	艶が落ちる (掉漆)	長時間放置すると、艶が落ちる。 長時間放置的話會掉漆。
	人気が落ちる (人氣下滑)	プロ野球の人気が落ちる。 職業棒球的人氣下滑。

關鍵字	搭配詞	例句
おとな 【大人】	大人になる (變成熟)	人は年をとると大人になる。 人上了年紀就會變成熟。
	大人にする (變成大人)	親の役目は「子供を一人前の大人にすること」だ。 父母親的職責就是「讓小孩變成有擔當的大人」。
おぼえ 【覚え】	覚えがある (記得)	確かに見た覚えがあるが、いつ、どこでのことか思い出せない。 的確記得有見過，可是我想不出來是何時、何地。
	覚えが目出度い (受器重)	社長の覚えが目出度い。 很受社長的重用。
おもい 【思い】	思いは叶う (實現願望)	強く願う思いは叶った。 實現強烈祈求的願望。
	思いを凝らす (絞盡腦汁)	新しい構想に思いを凝らす。 爲了新構想絞盡腦汁。
おもい 【重い】	気が重い (心情鬱悶)	仕事に対して、なんとなく気が重いと感じる。 對於工作，總感覺心情鬱悶。
	腰が重い (懶散)	仕事も勉強もしていないので腰が重くなった。 由於沒有在工作及唸書，而變得懶散。

關鍵字	搭配詞	例句
おりる 【下りる】	許可が下りる (許可下來)	申請してから許可が下りるまでおよそ2ヶ月かかります。 從申請到許可下來，大約要花兩個月。
	幕が下りる (謝幕)	人生という舞台の幕が下りた。 從人生這個舞台謝幕。
おろす 【下ろす】	腰を下ろす (坐)	窓を背にした椅子に腰を下ろた。 坐在背對著窗戶的椅子上。
	貯金を下ろす (提款)	貯金を下ろすときに印鑑や通帳などが必要です。 提款時需要印章與存摺等。
おん【恩】	恩を返す (報恩)	子が親に養育の恩を返す。 子女應該回報父母養育之恩。
	恩を知る (感恩)	恩を知る心以上に高貴なものはない。 再也沒比感恩的心更高貴的了。
おんぎ 【恩義】	恩義を受ける (接受恩情)	他人から恩義を受けて有り難く思うべき。 受到別人的恩惠要心存感激。
	恩義にそむく (違背恩情)	両親の恩義にそむくようなことはしてはいけない。 不可以做出違背雙親恩情的事。

か

關鍵字	搭配詞	例句
かいけい 【会計】	会計を務める (擔任會計)	大学では野球部の会計を務め、無計画で不透明だったやり方を一新した。 我在大學擔任棒球社的會計，要改革無計劃且不透明的做法。
	会計が合う (帳目符)	計算が間違っているか会計が合わない。 或許是計算錯誤而帳目不符。
かいけつ 【解決】	解決を望む (尋求解決)	あの問題をめぐって、対話による解決を望んでいる。 繞著那個問題，尋求透過對話來解決。
	解決を迫られる (被迫解決)	学校当局はこの問題の解決を迫られている。 學校當局被迫解決此問題。
かいしゃく 【解釈】	解釈を加える (追加解釋)	彼は彼女の言葉にユーモラスな解釈を加えた。 他對她的言詞添加了幽默的解釋。
	行動を解釈する (解讀行爲)	私は彼の行動を善意に解釈した。 我將他的行爲解讀成善意的。

關鍵字	搭配詞	例句
かいだん 【階段】	階段を上がる (爬樓梯)	太ったから、階段や坂道を上がると息苦しくなりました。 因爲肥胖，所以一爬樓梯或坡道就覺得喘。
	階段から落ちる (從樓梯摔落)	最近階段から落ちる夢を見た。 最近做了從樓梯摔下來的夢。
かいてん 【回転】	頭の回転 (頭腦運作)	職場の上司は本当に頭の回転の速い人です。 職場的上司真的是一位腦袋靈活的人。
	一回転する (翻轉一圈)	彼女は一回転してプールに飛び込んだ。 她翻轉一圈後跳進泳池裡。
かいふく 【回復】	景気の回復 (景氣恢復)	政府は積極的な財政政策を行って景気の回復を図る。 政府實行積極的財政政策以求景氣恢復。
	名誉を回復する (挽回名譽)	事実を解明し、名誉を回復してもらいたい。 希望可以弄清事實、挽回名譽。
かえる 【変える】	予定を変える (更改計畫)	突然、予定を変えて東京に来ることになりました。 突然更改計畫變成來東京。
	場所を変える (改變場所)	時には場所を変えて勉強する。 有時候我會改變場所看書。

關鍵字	搭配詞	例句
かがみ 【鏡】	鏡を見る (照鏡子)	毎朝 鏡を見る習慣をつけた。 養成每天早上看鏡子的習慣。
	鏡が曇る (鏡子起霧)	お風呂の鏡が曇るのを防ぐ方法を教えてください。 請告訴我防止浴室內的鏡子起霧的方法。
かげん 【加減】	塩味を加減する (調鹹淡)	料理によって塩味を加減してください。 請根據料理來調整鹹淡。
	お風呂の加減 (洗澡水的涼熱狀況)	お風呂の加減を見てください。 請看一下洗澡水的涼熱狀況。
がっこう 【学校】	学校へ上がる (上學)	子供が小学校に上がったら、パートにでも出て働こうかと思っています 等到孩子上小學後，兼差也好我想要去工作。
	学校を辞める (休學)	彼は勉強がつらく、体調を崩してしまい今、学校を辞めるかやめないかで迷っています。 他因為念書辛苦，身體狀況不好，現在正在猶豫是否要休學。
かう 【買う】	怒りを買う (得罪)	彼の怒りを買った覚えはない。 我不記得有得罪他。
	権利を買う (購買權利)	インターネットで音楽を聴く権利を買う。 購買在網路上聽音樂的權利。

か

關鍵字	搭配詞	例句
かえす 【返す】	挨拶を返す (回應招呼)	彼はいつも明るく挨拶を返してくれる。 他總是開朗的回應招呼。
	借金を返す (還債)	借金を返すために毎日一生懸命働いている。 爲了還債每天都努力工作。
かえり 【帰り】	帰りが遅い (晚歸)	夫が毎日残業で帰りが遅い。 老公每天因爲加班所以晚歸。
	帰りを急ぐ (趕緊回家)	帰りを急いでいたので、あまり長居できなくてごめんね。 因爲急著回家，所以無法久待眞是不好意思。
かお 【顔】	顔を立てる (給面子)	彼の顔を立てるため妥協せざるをえなかった。 爲了給他面子而不得不妥協。
	顔が広い (人面廣)	あの人は財界に顔が広い。 那個人在財經界很吃得開。
かかる 【掛かる】	罠にかかる (中計)	警察は犯人が罠にかかるのを待っている。 警察等著犯人中計。
	時間がかかる (花時間)	駅までどのくらい時間がかかりますか。 到車站要花多久時間呢?

34

關鍵字	搭配詞	例句
かぎ 【鍵】	鍵をかける (上鎖)	鍵をかけたかどうか不安になっ て戻る人が多いようです。 似乎有很多人因爲是否有鎖門感 到不安而回家。
	鍵を掴む (掌握關鍵)	ビジネス成功の鍵を掴む。 掌握生意成功的關鍵。
かく 【書く】	手紙を書く (寫信)	忙しくて母への手紙を書く暇が ない。 我忙到連寫信給媽媽的時間都沒 有。
	顔に書く (寫在臉上)	嬉しさは顔に書いてある。 快樂完全寫在臉上。
かく 【搔く】	汗を搔く (流汗)	汗をたくさん搔くことで代謝が 上がり、ダイエット効果があり ます。 藉由大量出汗,提高代謝,具有 減肥的效果。
	恥を搔く (丟臉)	人の名前を読み違えて恥を搔 く。 搞錯別人的名字很丟臉。
かく 【欠く】	注意を欠く (缺乏注意)	注意を欠いていたためにやりそ こなった。 由於缺乏注意所以做錯了。
	義理を欠く (欠缺人情)	それでは彼に義理を欠くことに なる。 如此一來就變成我欠他人情。

關鍵字	搭配詞	例句
かくす 【隠す】	顔を隠す (摀住臉)	顔を隠しながら寝ている猫をよく見る。 時常看到一邊遮臉一邊睡覺的貓。
	年齢を隠す (隱瞞年齡)	一般に女性は年齢を隠すことが多いようです。 一般來說女生多數會隱藏年齡。
かげ 【影】	影が薄い (沒有存在感)	会社では影が薄い存在だ。 他在公司是一個沒有存在感的人。
	影を落とす (反射)	並木が道の上に影を落としている。 行道樹的影子落在街道上。
かけい 【家計】	家計を助ける (幫助家計)	アルバイトをして家計を助ける。 打工幫助家計。
	家計を預かる (管帳)	結婚したら殆ど妻が家計を預かる。 若結婚，幾乎都是由妻子掌管家計。
かける 【掛ける】	時間を掛ける (花時間)	私は週末は時間を掛けて料理をします。 我周末會花時間做料理。
	醤油を掛ける (淋醬油)	口に合わない食べ物に醤油を掛けると意外においしく食べられたという経験はある。 我有過在不合口味的食物上淋上醬油後，意外變好吃的經驗。

か

關鍵字	搭配詞	例句
かざり 【飾り】	飾りをつける (裝飾)	絵に飾りをつける。 在畫上裝上裝飾品。
	飾りが多い (裝飾多)	飾りの多い文章を読み取るのは難しいです。 裝飾多的文章很難看得懂。
かず 【数】	数を数える (數數)	指で数を数える。 用手指數數兒。
	数をこなす (做大量的工作)	短時間に数をこなして利益を得る。 短時間內多賣獲利。
かぜ 【風】	風に当たる (吹風)	風に当たると涙が出る。 一吹到風就會流淚。
	風を通す (通風)	夏に冷房をつけずに窓を開けて風を通したい。 夏天不想開冷氣而是開窗通風。
かた 【肩】	肩が凝る (肩膀僵硬)	肩が凝ったとき、思わずぐるぐると肩を回す。 肩膀僵硬時，忍不住會繞肩。
	肩を揉む (按摩肩膀)	両親の肩を揉む。 按摩父母親的肩膀。
かたい 【硬い】	表情が硬い (表情僵硬)	その話を聞くと、表情が硬くなった。 他聽到那番話表情變得僵硬。

か

37

關鍵字	搭配詞	例句
	肉が硬い (肉硬)	この牛肉は硬くて食べられない。 這牛肉硬到咬不動。
かたち 【形】	形がくずれる (形狀走樣)	本棚は腐って形がくずれてしまった。 書架腐蝕，形狀都走樣了。
	形を繕う (修飾外表)	形を繕うだけでは本質は見極められません。 只修飾外表是無法看清事情的本質。
かたづく 【片付く】	仕事が片付く (工作結束)	あっという間に仕事が片付いた。 工作一眨眼就結束了。
	部屋が片付く (房間收拾整齊)	部屋がすっかり片付いていた。 房間完全收拾整齊了。
かたみ 【肩身】	肩身が狭い (難為情)	借金をするのは肩身が狭いことだ。 借錢是一件很難為情的事。
	肩身が広い (有面子)	あなたが優勝を取って私も肩身が広い。 你獲得優勝我也感到光榮。
かち 【価値】	価値が上がる (漲價)	積み重ねる毎に価値が上がる。 一累積就會價格就會上揚。
	一見の価値がある (值得一看)	この映画は必ず一見の価値がある。 這部電影絕對值得一看。

關鍵字	搭配詞	例句
かつ 【勝つ】	試合に勝つ (贏得比賽)	私はサッカーの試合に勝つために練習をしている。 我爲了贏得足球比賽正在努力練習
	誘惑に勝つ (戰勝誘惑)	意志が弱くて誘惑に勝つことができない。 意志柔弱是無法戰勝誘惑的。
かっこう 【格好】	格好が悪い (丟臉)	遅刻が続いて格好が悪いな。 連續遲到好丟臉啊。
	格好をつける (裝酷)	好きな人の前で格好をつける。 在喜歡的人的面前裝酷。
かね 【金】	金を貸す (借錢)	知人にお金を貸すように頼まれた。 受到朋友之託借錢。
	金を貯める (存錢)	お金を貯めるためには、収入を増やすか節約するしかありません。 爲了存錢，只好增加收入或者節省。
かべ 【壁】	壁を塗る (塗牆壁)	引っ越してからあらゆる壁を塗ったりしています。 搬家後將所有的牆壁塗油漆。
	壁に突き当たる (碰壁)	成功する人は必ず乗り越えるべき壁に突き当たる。 成功的人會遇到一定能夠超越的障礙。

關鍵字	搭配詞	例句
かっき 【活気】	活気に溢れる (充滿朝氣)	活気に溢れる市場。 充滿朝氣的市場。
	活気を取り戻す (恢復活力)	台湾の経済は現在、再び活気を取り戻している。 台灣的經濟現在又再度恢復活力。
かよう 【通う】	学校に通う (通車上課)	私は今、バスで学校に通っている。 我現在搭公車上學。
	電流が通う (通電)	その針金に電流が通っている。 在那個鐵絲上通電。
がら 【柄】	柄が大きい (花樣很大)	華やかな服は、柄が大きい。 那件華麗的衣服花樣很大。
	柄が悪い (人品不好)	あんな柄の悪い奴と付き合うな。 不要跟那種人品不好的傢伙交往。
かりる 【借りる】	金を借りる (借錢)	彼から金を借りた。 向他借錢。
	部屋を借りる (租房子)	この部屋を月8万円で借りている。 我以一個月八萬日元租這間房子。
かるい 【軽い】	軽い気持ち (隨便的心情)	僕は軽い気持ちで言ったのに彼女は深刻に受けとめた。 我是隨便講的，她卻當真了。

關鍵字	搭配詞	例句
	軽い食事 (輕淡的飲食)	私はお昼に軽い食事で済ました。 我中午就以清淡的飲食來解決。
かわり 【代わり】	代わりを務める (代替工作)	レギュラー選手の代わりを務めって試合に出る。 代替正式選手參加比賽。
	代わりの人 (替代的人)	代わりの人を行かせます。 讓替代的人去。
かんがえ 【考え】	考えをまとめる (整理思緒)	その件について考えをまとめるまで待ってください。 關於那件事，請等我整理好思緒。
	考えを述べる (闡述想法)	その問題について自らの考えを述べてください。 關於那個問題，請闡述自己的想法。
かんじょう 【勘定】	勘定を払う (付款)	私は彼がすぐに勘定を支払うよう要求した。 我已經要求他立刻付款。
	勘定に入れる (在算計內)	彼らが来ることは勘定に入れていなかった。 他們來的這件事沒有在我的算計內。
かんじ 【感じ】	感じが鋭い (感覺很敏銳)	彼は感じが鋭い。 他感覺很敏銳。
	感じを与える (給予他人感覺)	友達に不快な感じを与えた。 帶給朋友不愉快的感覺。

關鍵字	搭配詞	例句
かんばん 【看板】	看板を出す (掛招牌)	店の前に看板を出す。 在店前面掛招牌。
	大学の看板 (大學的招牌人物)	あの教授はこの大学の看板だ。 那位教授是這間大學的招牌人物。
き 【気】	気が詰まる (喘不過氣)	先生のそばでは気が詰まる。 在老師旁邊我就會喘不過氣來。
	気がつく (留神)	気がつくと机がぐちゃぐちゃになっている。 一留神，發現桌子變得一團亂。
きげん 【機嫌】	機嫌を取る (拍馬屁)	上司や目上の人の機嫌を取りたくない。 我不想拍上司與長輩的馬屁。
	機嫌を損なう (破壞心情)	不愉快なことによって機嫌を損なう。 不愉快的事情破壞心情。
きぼう 【希望】	希望を達する (達成希望)	多年の希望を達したので、喜びに堪えない。 達成多年的希望，無限歡喜。
	希望を抱く (懷抱希望)	夢や希望を抱いて、理想に向かって進む。 抱著夢想與希望向理想前進。
きく 【聞く】	講演を聞く (聽演講)	今日は英語のネイティブスピーカーの講演を聞く機会がありました。 今天有機會聽英語母語者的演講。

關鍵字	搭配詞	例句
	音楽を聞く (聽音樂)	勉強中に音楽を聴くと集中できる。 念書時聽音樂可以集中精神。
ぎせい 【犠牲】	犠牲を払う (付出代價)	家族のために犠牲を払う。 爲了家人付出代價。
	犠牲を出す (犧牲)	市民の犠牲をもう出すな。 不要再犧牲市民了。
きたい 【期待】	期待に添う (滿足期待)	ご期待に添えるようがんばります。 我會努力滿足您的期待。
	期待をかける (期待)	親は常に子に期待をかけます。 父母親經常對小孩子抱持期待。
きたない 【汚い】	字が汚い (字醜)	彼の字は汚くて読みにくいです。 他的字很醜很難看得懂。
	金に汚い (吝嗇)	金に汚い人間になるな、と父に言われた。 父親說不要變成對金錢吝嗇的人。
きっぷ 【切符】	切符を切る (剪票)	今でもハサミで切符を切って改札している駅はあります。 現在還有用剪刀剪票的車站。
	切符を予約する (訂票)	空席を確認後切符を予約します。 確認有空位後預約車票。

43

關鍵字	搭配詞	例句
きぶん 【気分】	気分転換 (轉換心情)	どうしてもやる気が出ないとき は気分転換をするのがいいで しょう。 無論如何都沒有幹勁時，轉換心 情會比較好吧！
	気分を味わう (感受氣氛)	北欧のクリスマス気分を味わい たい。 想要感受北歐的聖誕節氣氛。
きまり 【決まり】	決まりに従う (遵從決定)	会社の決まりに従うしかない。 只能遵從公司的決定。
	決まりを作る (訂規定)	私の両親はいろいろな決まりを 作った。 我的父母親做訂出各種規定。
きも 【肝】	肝に銘じる (銘記在心)	私は先生の忠告を肝に銘じた。 我將老師的忠告銘記在心。
	肝が太い (膽子大)	彼は男らしく肝の太い人です。 他是一位很有男子氣概、膽子大 的人。
きもち 【気持ち】	気持ちが落ち着く (心情平靜)	ラベンダーの香りで気持ちが落 ち着きます。 利用薰衣草的香味平靜心情。
	気持ちが悪い (不舒服)	飲みすぎで気持ちが悪いです。 喝太多不舒服。
きゅうりょう 【給料】	給料を払う (付薪水)	会社が給料を払ってくれない。 公司不付薪水給我。

關鍵字	搭配詞	例句
	給料を上げる (漲薪水)	彼らは給料を上げることを要求した。 他們要求調漲薪水。
きょうみ 【興味】	興味をそぐ (掃興)	ここで金の話を出すのは全く興味をそぐだ。 此時談到錢很掃興。
	興味を持つ (感興趣)	音楽に興味を持っている。 我對音樂感興趣。
きらう 【嫌う】	虫を嫌う (討厭蟲)	多くの女性は虫を嫌っている。 許多女生都討厭蟲。
	皆に嫌われる (被大家討厭)	彼女はわがままなので、皆に嫌われている。 因爲她很任性，所以被大家討厭。
きらく 【気楽】	気楽に暮らす (悠閒過日子)	私は田舎に戻って自然を感じ気楽に暮らしたい。 我想回到鄉下感受自然的氣息安閒地度日。
	気楽な仕事 (輕鬆的工作)	世の中に気楽な仕事はありません。 這世上沒有輕鬆的工作。
ぎり 【義理】	義理を立てる (保留情面)	恩師に義理を立てる。 對恩師保留情面。
	義理をすませる (還人情)	返礼に行って義理をすませた。 前去回禮，還了一份人情。

關鍵字	搭配詞	例句
きる【切る】	スイッチを切る (關掉開關)	離発着時に電子機器のスイッチを切ってください。 飛機起降時請關掉電子儀器的開關。
	小切手を切る (開支票)	彼の仕事は小切手を切り、取引先に渡すことです。 他的工作是開支票交給客戶。
きれる【切れる】	電球が切れる (電燈壞了)	天井の電球が切れたので取り外しました。 因為天花板的電燈壞了,所以把它拆下來。
	期限が切れる (期限到期)	パスポートの有効期限が切れたので、新しいパスポートを申請する。 由於護照的有效期限到期了,所以申請新的護照。
きれい【綺麗】	綺麗に洗濯する (洗乾淨)	シャツを綺麗に洗濯する方法を教えてください。 請告訴我將襯衫洗乾淨的方法。
	綺麗に忘れる (忘得一乾二淨)	昔のことを綺麗に忘れている。 以前的事情已經忘得一乾二淨。
きろく【記録】	記録を作る (創紀錄)	あの野球選手は歴史的な記録を作った。 那位棒球選手創下歷史性的紀錄。
	記録を破る (破紀錄)	今年の冬は降雪の記録を破った。 今年冬天打破降雪的紀錄。

關鍵字	搭配詞	例句
ぐあい 【具合】	具合を調べる (檢查狀況)	川のよごれ具合を調べてみよう。 檢查河川污染的狀況吧。
	具合が良い (狀況好)	どうもおなかの具合が良くない。 肚子好像怪怪的。
くうき 【空気】	空気を吸う (吸空氣)	彼は新鮮な空気を吸うために ちょっと外に出た。 他爲了呼吸新鮮空氣而走到外面 去。
	空気を入れる (充氣)	ポンプで自転車のタイヤに空気 を入れる。 利用幫浦將空氣灌入腳踏車的輪 胎裡。
くつ 【靴】	靴を履く (穿鞋子)	足に合ったサイズの靴を履く。 穿上尺寸合腳的鞋子。
	靴を磨く (擦鞋)	夫は毎日靴を磨いている。 老公每天都會擦鞋。
くるま 【車】	車を降りる (下車)	洗車中に車を降りてはいけな い。 洗車時不可以下車。
	車に乗る (搭車)	車に乗るときには、全席シート ベルト着用する。 搭車時請繫帶安全帶。
くさい 【臭い】	臭い匂いがする (有臭味)	卵が腐ったようで臭い匂いがし ている。 雞蛋好像壞掉了，有股臭味。

關鍵字	搭配詞	例句
	年寄り臭い (老氣)	若いくせに年寄り臭いことを言うな。 明明很年輕不要說老氣橫秋的話。
くさる 【腐る】	牛乳が腐る (牛奶腐壞)	昨日腐った牛乳を飲んでから、おなかが痛くて病院に駆け込んだ。 因為昨天喝了壞掉的牛奶肚子痛而送醫院。
	気が腐る (意志消沉)	成績が悪くて気が腐っている。 他成績不好而意志消沉。
くすり 【薬】	薬を飲む (吃藥)	風邪薬を飲んでいたのに、鼻水が出てくる。 明明有吃感冒藥，卻還是流鼻水。
	薬になる (成為教訓)	今回の失敗はいい薬になる。 這次的失敗會是一次很好的教訓。
くずれる 【崩れる】	山道が崩れる (山路崩毀)	大雨で山道が崩れてしまう。 山路因為大雨崩毀了。
	姿勢が崩れる (姿勢不端正)	最近、姿勢が崩れているので、椅子に座っているときなど、背筋を伸ばすことに気をつけたい。 最近因為姿勢不正，所以坐椅子時會留意將背伸直。

關鍵字	搭配詞	例句
くせ 【癖】	癖がつく (養成習慣)	この子は嘘をつく癖がついた。 這個孩子養成説謊的習慣。
	癖がある (有某種習慣)	私は指先をカリカリする癖がある。 我有折手指的習慣。
くち 【口】	口に合う (合口味)	中華料理は外国人の口に合いますか。 中國菜合外國人的口味嗎?
	口を尖らす (噘著嘴)	妹は口を尖らして話している。 妹妹不高興的噘著嘴説話。
くばる 【配る】	新聞を配る (送報紙)	少女毎朝毎晩新聞を配る。 少女每天早晚都在送報紙。
	目を配る (環視四周)	青信号でも左折車の動きに目を配る。 即使是綠燈也要注意看左轉車的動向。
くび 【首】	首になる (炒魷魚)	仕事をしていると首になることは恐いことです。 一旦工作,被炒魷魚便是一件很可怕的事。
	首を縦に振る (點頭)	彼はようやく首を縦に振った。 他終於點頭答應了。
くふう 【工夫】	工夫を凝らす (下功夫)	学生食堂が様々な工夫を凝らしている。 學生餐廳下了各種功夫。

關鍵字	搭配詞	例句
	工夫を重ねる （反覆鑽研）	これからも工夫を重ねていきたいと思います。 今天也要反覆地鑽研下去。
くもる 【曇る】	空が曇る （陰天）	私たちが出発するかしないうちに、空が曇ってまた雨が降ってきた。 在我們準備出發時，天空陰暗又下起雨來了。
	メガネが曇る （眼鏡起霧）	マスクをするとメガネが曇って困る。 戴上口罩眼鏡就會起霧很困擾。
くらい 【暗い】	性格が暗い （個性陰沉）	周りの目を気にしたり、ネガティブで暗い性格を直したい。 想修正我那在意周圍眼光，消極且陰沉的個性。
	気持ちが暗い （心情憂鬱）	暗い気持ちから抜け出すにはどうしたらいいでしょうか。 該如何做才能脫離憂鬱的心情呢？
くらし 【暮らし】	暮らしに困る （生活困苦）	病気や失業など、さまざまな事情から暮らしに困ってしまうことがあります。 因為生病與失業等各種事情導致生活困苦。
	暮らしを立てる （過生活）	彼女は子供に音楽を教えて暮らしを立てている。 她透過教小朋友音樂來過生活。

關鍵字	搭配詞	例句
くらべる 【比べる】	昔と比べる (與以前相比)	今時の若者は昔と比べて勉強しない。 現在的年輕人與以前相比較不用功。
	筆跡を比べる (比對筆跡)	警察は疑わしい人の筆跡を比べて調査します。 警察比照可疑人士的筆跡來進行調查。
くりかえす 【繰り返す】	注意を繰り返す (反覆提醒)	職員に同じような注意を繰り返しても、嫌な顔をされない。 即使對員工反覆提醒同一件事，他也不會擺臭臉。
	同じ過ちを繰り返す (重複同樣的過錯)	集中力が足りなくて同じ過ちを繰り返してしまった。 注意力不夠重覆犯了同樣的錯。
くる 【来る】	春が来る (春天來臨)	春が来て残雪がゆっくり溶け始めた。 春天來了殘雪開始慢慢地融化。
	迎えに来る (來迎接)	友達は空港までに迎えに来てくれた。 朋友來機場接我。
くるう 【狂う】	時計が狂う (手錶不準)	時計が狂って、会議に遅刻した。 手錶不準導致會議遲到。
	機械が狂う (機器失準)	精巧な機械は狂いやすい。 精密的機器容易失準。

關鍵字	搭配詞	例句
くるしい 【苦しい】	苦しい思い (痛苦的感情)	この苦しい思いから解放される。 從這痛苦的感情中解放。
	家計が苦しい (家計困苦)	住宅ローンを抱え、家計が苦しくなったと感じる。 有住宅貸款，感覺家計變得困苦。
くわしい 【詳しい】	ルールに詳しい (清楚規則)	あの人は野球のルールに詳しいです。 那個人很清楚棒球的規則。
	詳しく説明する (詳細說明)	先生がこの単語の意味を詳しく説明してくれた。 老師替我詳細說明這個單字的意思。
けいかく 【計画】	計画を立てる (訂計劃)	時間管理としてまずやることは計画を立てることです。 時間管理首先要做的就是擬定計畫。
	旅行を計画する (計畫旅行)	夏休みの日本旅行を計画している。 正在計畫暑假的日本旅行。
けいけん 【経験】	経験に乏しい (缺乏經驗)	語学力や海外経験に乏しい若者は就職しにくい。 缺乏語言能力與海外經驗的年輕人很難找工作。

關鍵字	搭配詞	例句
	経験を積む (累積經驗)	日本で就職して経験を積んで、世界で活躍できるデザイナーになりたいと思います。 想在日本工作，累積經驗，成爲能夠活躍於世界舞台的設計師。
	経験に富む (經驗豐富)	私たちの先生は外国人に日本語を教える経験に富む先生です。 我們的老師是一位教外國人日語經驗豐富的老師。
けいこ 【稽古】	稽古に励む (努力練習)	大会で優勝に向け、稽古に励んでいる。 以在大會獲得優勝爲目標，努力練習。
	稽古をつける (教導)	新人に稽古をつけています。 正在教導新人。
けいさい 【掲載】	論文を掲載する (刊登論文)	私は卒業論文を雑誌に掲載しようと思っている。 我想將畢業論文刊登在雜誌上。
	新聞に掲載される (刊登在報紙上)	会議の模様は昨日の新聞に掲載された。 會議的情況被刊登在昨天的報紙上。
けいさん 【計算】	細かく計算する (精打細算)	外食なので、カロリーを細かく計算できない。 因爲外食無法精算熱量。

關鍵字	搭配詞	例句
	計算に入れる (計算在内)	乗り物に乗る時間を計算に入れて旅程を組む。 將搭乘交通工具的時間算進去來安排旅遊行程。
けが 【怪我】	酷い怪我 (重傷)	彼は交通事故で酷い怪我をしました。 他因爲交通事故而受了重傷。
	怪我が治る (受傷痊癒)	彼女は怪我が治ったのに元気がない。 她受傷痊癒了卻還是沒有精神。
けしょう 【化粧】	化粧を落とす (卸妝)	どんなに疲れても化粧を落とすのを忘れないでください。 無論多累也不要忘記卸妝。
	部屋を化粧する (裝飾房間)	壁を塗り替えて部屋を化粧する。 重新粉刷牆壁裝飾房間。
けす 【消す】	電灯を消す (關燈)	出かける前には必ず電灯を消すようにしなさい。 出門前一定要關燈。
	姿を消す (消失)	彼は大金を持って地上から姿を消した。 他身懷鉅款就從地表上消失了。
けっしん 【決心】	決心が固い (堅定的決心)	初志を貫こうとする彼の決心は固い。 他那貫徹初衷的決心很堅定。

か

關鍵字	搭配詞	例句
	決心がつく (下決心)	すべてを忘れて再出発する決心がついた。 決定將全部都忘掉後再次出發。
けんか 【喧嘩】	喧嘩をぶっかける (吵架)	弟は些細なことで兄に喧嘩をふっかける。 弟弟因爲一些小事情而跟哥哥吵架。
	喧嘩を止める (勸架)	隣の喧嘩を止めようとしたら男が部屋に乗り込んできた。 打算勸架時，有位男人衝進房子裡。
けんがく 【見学】	工場を見学する (參觀工廠)	ビール工場を見学した後、できたてのビールを無料で試飲できます。 參觀啤酒工廠後，可以免費試喝剛剛做好的啤酒。
	大学を見学する (參觀大學)	大学を見学することは進路決定に役立つと思う。 我覺得參觀大學有助於決定未來的走向。
げんき 【元気】	元気を出す (打起精神)	美味しいものを食べて元気を出す。 吃了美味的食物，打起精神。
	元気を養う (養精蓄鋭)	適切な睡眠によって元気を養う。 透過適當的睡眠來養精蓄鋭。

關鍵字	搭配詞	例句
げんきん 【現金】	現金が切れる (沒有現金)	両替所は現金が切れている。 兌換所目前現金短缺。
	現金を渡す (給錢)	審判に現金を渡すことは違法です。 給裁判錢是違法的。
けんこう 【健康】	健康を保つ (保持健康)	食は健康を保つための基本といえます。 飲食可說是保持健康的根本。
	健康に良い (有益健康)	サケには健康に良い成分がたくさんつまっています。 鮭魚含有許多有益健康的成分。
けんとう 【見当】	見当がつく (推測)	話の内容はだいたい見当がつく。 大概可以推測出談話的內容。
	見当が外れる (猜測落空)	彼女の答えはちょっと見当が外れる。 她的答案有點偏差。
けんり 【権利】	権利を与える (授權)	アメリカは基本的人権として銃を持つ権利を与えている。 美國基於基本人權給予人民持槍的權利。
	権利を譲る (轉讓權利)	他の方に参加の権利を譲られても結構です。 即使將參加的權利讓給其他人也沒關係。

關鍵字	搭配詞	例句
こい 【濃い】	化粧が濃い (妝很濃)	彼女は化粧が濃いとよく言われる。 她經常被説妝很濃。
	濃いお茶 (濃茶)	最近、「濃いお茶」がブームらしい。 最近似乎流行濃茶。
こううん 【幸運】	幸運が向く (走運)	よくないことが続いた後、幸運が向いてくる。 壞運持續一段時間後，好運就會來臨。
	幸運を祈る (祈求好運)	神社に行って今年の幸運を祈る。 去神社祈求今年好運。
こうさい 【交際】	交際が広い (交友廣泛)	彼は交際は広いが、本当の友人は少ない。 他的交友雖廣，真正的朋友卻很少。
	交際を断つ (斷絕往來)	彼と一切の交際を断った。 斷絕與他的一切往來。
こうしょう 【交渉】	交渉がまとまる (交渉成功)	相手の顔の相の動きをよく見て、交渉がまとまるかまとまらないかの見当がつく。 仔細觀看對方臉部表情，推測交渉是否成功。
	交渉を打ち切る (談判中止)	お互いの意見が対立し交渉を打ち切った。 彼此的意見對立，談判中止。

關鍵字	搭配詞	例句
こうちょう 【好調】	こうちょう すいい 好調に推移する (順利發展)	えんやす ぎょうせき こうちょう すいい 円安により業績が好調に推移 している。 因爲日幣貶值所以業績順利發 展。
	こうちょう 好調なスタートを き 切る (好的開始)	やきゅうせんしゅ かいまくせん こうちょう 野球選手は、開幕戦から好調な き じゅんび スタートを切るために準備して います。 棒球選手爲了從開幕戰就有好的 開始而準備著。
こうどう 【行動】	こうどう うつ 行動に移す (付諸行動)	まな こうどう うつ 学んだらすぐ行動に移す。 一旦學了就要馬上付諸行動。
	こうどう あらわ 行動に表す (表現在行動上)	わたし つね かんしゃ きも わす 私たちは常に感謝の気持ちを忘 じぶん こうどう あらわ れずに、自分たちの行動に表し ていきます。 我們要時常別忘記感謝的心情， 並且表現在行動上。
こうりょ 【考慮】	こうりょ い 考慮に入れる (列入考量)	きゃくさま ようぼう こうりょ い けいかく 客様の要望を考慮に入れて計画 じっこう を実行する。 將客户的需求列入考量來實行計 劃。
	こうりょ よう 考慮を要する (需要考慮)	しんちょう こうりょ よう それは慎重な考慮を要する。 那件事需要慎重考慮。
こえ 【声】	こえ 声をあげる (放聲)	こえ こども な 声をあげて子供のように泣いて いました。 像小孩一樣放聲哭泣。
	こえ で 声が出る (出聲音)	かぜ こえ 風邪で声が出なくなった。 因爲感冒而發不出聲音。

58

關鍵字	搭配詞	例句
	声を聞き入れる (聆聽)	政府は市民の声を聞き入れるべきです。 政府應該聆聽市民的心聲。
こえる 【超える】	限界を超える (超越極限)	その仕事はもう私の限界を超える。 那件工作已經超越我的極限。
	世代を超える (跨世代)	彼の作品は世代を超えて愛読されている。 他的作品跨世代大家都愛讀。
こきゅう 【呼吸】	呼吸を止める (停止呼吸)	驚きやショックを表すには呼吸を止めることも必要になってきます。 表達驚訝與驚嚇時，需要停止呼吸。
	呼吸を合わせる (使步調一致)	舞台は俳優とお客さんが呼吸を合わせられる場所です 舞台是演員與觀眾步調一致的場所。
こころ 【心】	心を決める (決定)	僕はついに告白しようと心を決めた。 我終於決定要告白了。
	心を込める (衷心)	心を込めて挨拶をする。 衷心的打招呼。
	心が大きい (心胸寬廣)	感動すればするほど、心は大きくなり広くなる。 越感動，心會變得越大越寬廣。

關鍵字	搭配詞	例句
こころざし 【志】	志を立てる (立志)	歌手になろうと志を立てている。 我立志要當一位歌手。
	志を遂げる (完成志願)	ついに志を遂げた。 終於完成志願。
こしょう 【故障】	故障が出る (出現故障)	新品なので、故障が出るはずがない。 因爲是全新的，不可能會出現故障。
	故障を起こす (發生故障)	走行中に点火系に故障を起こした。 行駛中點火器發生故障。
こし 【腰】	腰が強い (強韌)	腰が強い人だから、少々のことではくじけない。 他是一個很強韌的人，不會因爲一點小事而感到挫折。
	腰を掛ける (坐)	ソファーに腰を掛けてゆっくりとした時間を過ごす。 我坐在沙發上度過悠閒的時光。
こたえる 【応える】	期待に応える (不辜負期待)	彼は皆の期待に応えて見事に優勝した。 他不負大家的期待漂亮地獲勝。
	好意に応える (回應好意)	モテすぎて多くの好意にいちいち応えてられない。 他太受歡迎了，無法一一回應多數的好意。

關鍵字	搭配詞	例句
ごちそう 【御馳走】	ご馳走になる (被請吃飯)	わたしは時々彼の所でご馳走になる。 我有時候在他家吃飯。
	ご馳走を出す (招待)	次々とご馳走を出してもてなす。 一道接著一道端出美食來招待客人。
ことば 【言葉】	言葉が通じる (語言相通)	言葉が通じてこそ、友達になれる。 正因為語言相通，才能變成朋友。
	言葉を交わす (交談)	私は彼と初めて言葉を交わした日のことはよく覚えている。 初次與他交談那一天的事情我記得很清楚。
ことわる 【断る】	招待を断る (拒絕邀請)	結婚式のご招待を断りたい。 我想拒絕結婚典禮的邀請。
	駐車を断る (禁止停車)	駐車場が満車のときは、駐車を断ることがあります。 停車場客滿時有時會拒絕停車。
こまかい 【細かい】	細かい事 (小細節)	あの人は細かい事に気がつく。 那個人注意小細節。
	お金に細かい (小氣)	お金に細かい男性というのはモテません。 小氣的男生不受歡迎。

關鍵字	搭配詞	例句
ごまかす 【誤魔化す】	年を誤魔化す (謊報年齡)	彼はテレビゲームを買うために、年を誤魔化してバイトしている。 他爲了買電視遊戲，謊報年齡打工。
	人を誤魔化す (欺騙人)	うそで人を誤魔化す。 說謊來愚弄他人。
こまる 【困る】	生活に困る (生活困苦)	彼は免職になったら差し当たり生活に困るだろう。 他如果被革職目前的生活會有困難吧。
	人を困らせる (叫人爲難)	人を困らせるような質問はよしなさい。 不要提出叫人爲難的問題。
こもる 【籠る】	空気が籠る (空氣不流通)	外は秋風が涼しいのに、部屋には空気が籠ってなんとなく暑い。 明明外面秋風涼爽，房間內卻空氣不流通感到好熱。
	部屋に籠る (躲在房間裡)	夫が、ご飯を食べてちょっとテレビを見たりしてから、部屋に籠る。 老公吃完飯看一會兒電視後，就躲在房間裡。
こわい 【怖い】	怖い顔をする (露出可怕的表情)	彼は怖い顔をして私を見た。 他露出可怕的表情看著我。

關鍵字	搭配詞	例句
	犬が怖い （いぬ　こわ） (怕狗)	私は小さい頃から犬が怖いです。 （わたし　ちい　ころ　いぬ　こわ） 我從小時候就怕狗。
こわす 【壊す】	体を壊す （からだ　こわ） (傷身體)	飲み過ぎて体を壊してしまった。 （の　す　からだ　こわ） 喝酒過多把身體弄壞了。
	夢を壊す （ゆめ　こわ） (打碎夢想)	私の夢は現実に壊された。 （わたし　ゆめ　げんじつ　こわ） 我的夢想被現實打碎了。

さ

關鍵字	搭配詞	例句
ざいさん 【財産】	財産を受け継ぐ (繼承財産)	母方の先祖から財産を受け継ぐ。 我從媽媽的祖先那裡繼承財產。
	財産を失う (失去財産)	経験がなくて、株に手を出せば簡単に破産して、全財産を失うことになる。 沒有經驗就買股票的話，很容易導致破產而失去所有財產。
さいがい 【災害】	災害を受ける (遭受災害)	災害を受けた子供たちを支援する必要がある。 必須支援遭受災害的孩子們。
	災害が起きる (發生災難)	彼は恐ろしい災害が起こると予言した。 他預言會發生可怕的災難。
さいこう 【最高】	最高の敬意を表す (表示最高的敬意)	先生に対する最高の敬意を表します。 對老師表達最高的敬意。
	最高点を取る (得最高分)	今度の試験で彼は最高点を取った。 在這次的考試裡他得到最高分。
さいせい 【再生】	音楽を再生する (重播音樂)	パソコンに保存してある音楽を再生する。 重播保存在電腦裡的音樂。

關鍵字	搭配詞	例句
	再生への道を歩む (邁向重生的道路)	国内の経済は間違いなく再生への道を歩む。 國內的經濟一定會邁向重生的道路。
さいちゅう 【最中】	試合の最中に (比賽中)	試合の最中に、雨が降ってきた。 比賽中下起雨來。
	食事の最中に (用餐時)	食事の最中に停電した。 用餐時停電了。
さいのう 【才能】	才能を伸ばす (發揮才能)	子供の才能を伸ばしてあげたい。 想要讓小朋友發揮才能。
	才能に恵まれる (富有才華)	彼は多くの才能に恵まれている。 他擁有多項才藝。
さいばん 【裁判】	裁判を行う (進行判決)	公平な裁判を行う。 進行公平的判決。
	裁判に勝つ (贏得判決)	裁判に勝つためには証拠が一番大事。 為了贏得判決證據是最重要的。
さいよう 【採用】	提案を採用する (採納提案)	提案が採用された時は凄くやりがいを感じる。 提議被採納時感覺超有價值的。

關鍵字	搭配詞	例句
	社員を採用する (錄用爲公司員工)	社員を採用した場合、会社等は、労働基準法により、社員に対して、労働条件を明示しなければなりません。 錄用員工時，公司要根據勞基法對員工明示工作條件。
さいわい 【幸い】	雨が幸いする (多虧下雨)	突然の雨が幸いして貴重な写真が撮れました。 多虧突然的一場雨讓我拍到珍貴的照片。
さがす 【探す】	犯人を探す (找犯人)	警察はやっと犯人を探した。 警察終於找到犯人。
	仕事を探す (找口袋)	海外で仕事を探すのは、よほど知り合いなどいない限り大変です。 在海外找工作如果沒有認識的人是很辛苦的。
さかのぼる 【遡る】	一ヶ月前に遡る (追遡到一個月前)	給料は一ヶ月前に遡って支給される。 薪水要追遡給付到一個月前。
	根源に遡る (追遡根源)	多様な視点から問題の根源に遡って検討する。 從各種角度追遡到問題的根源後再來檢討。
さからう 【逆らう】	気持ちに逆らう (違逆心情)	自分の気持ちに逆らっても他人に行動を合わせたりしている。 即使違逆自己的心情也會配合他人行動。

關鍵字	搭配詞	例句
	風に逆らう (逆風)	その船は強い風に逆らってゆっくりと進んだ。 那艘船逆著強風緩慢地前進。
さがる 【下がる】	品質が下がる (品質下降)	日数の経過によって商品の品質が下がる。 隨著時間的過去會導致商品品質下降。
	物価が下がる (物價下降)	物価が下がると、商品の売り上げ額が減り、企業の利潤は低下する。 物價一下降，商品的營業額會減少，企業的利潤就會降低。
さき 【先】	先に着く (先抵達)	待ち合わせ場所に先に着いた。 我先抵達會合的場所。
	先が短い (剩餘日子不多)	先が短いので、旅行を楽しみたい。 因為剩餘的日子不多，所以我要享受旅行。
さけ 【酒】	酒に強い (酒量很好)	彼女がお酒に強いです。 她的酒量很好。
	酒を注ぐ (倒酒)	日本では部下が上司のお酒を注ぐ、女性が男性のお酒を注ぐという光景がよく見られます 在日本很常看到部下幫上司倒酒以及女性幫男性倒酒的畫面。

關鍵字	搭配詞	例句
さげる 【下げる】	頭を下げる (低頭)	あいつにだけは絶対に頭を下げたくない。 我絕對不要向那個傢伙低頭。
	カーテンを下げる (掛窗簾)	窓にカーテンを下げる。 在窗戶上掛上新窗簾。
さかん 【盛ん】	盛んになる (變得盛行)	野球が盛んになる。 棒球變得盛行。
	盛んな拍手 (熱情鼓掌)	客から盛んな拍手と歓声を受けた。 接受客人熱情的鼓掌與歡呼聲。
さくせい 【作成】	予定表を作成する (製作行程表)	コンピューターで1ヶ月分の予定表を作成した。 利用電腦製作一個月份的行程表。
	契約書を作成する (製作契約書)	金銭の貸し借りの際には契約書を作成すべき。 借貸金錢時應該製作契約書。
さぐる 【探る】	原因を探る (查詢原因)	事故の原因を探って、二度とこのような悲惨な事故を起こしてはならない。 查詢事故的原因，不可以再發生這種悲慘的事故了。
	ポケットを探る (找口袋)	私は鍵があるかどうかポケットを探った。 我找口袋看看有沒有鑰匙。

關鍵字	搭配詞	例句
さける 【避ける】	人目を避ける (躲避人的視線)	彼は学校の敷地外で人目を避けてタバコを吸った。 他在校園外躲避人的視線抽菸。
	ラッシュアワーを避ける (避開尖峰時間)	彼女はラッシュアワーを避けるために早く出発した。 她為了避開尖峰時間而提早出門。
ささえる 【支える】	人に支えられる (被人扶持)	自分が辛い時がいつも周りの人に支えられる。 自己在痛苦的時候總是受到身旁的人扶持。
	暮らしを支える (維持生活)	水と電気は人々の暮らしを支えている。 水與電維持著人們的生活。
ささげる 【捧げる】	命を捧げる (奉獻生命)	家族のために命を捧げられる。 為家人奉獻生命。
	優勝カップを捧げる (捧著獎盃)	優勝カップをなくなった監督に捧げたい。 想要將獎盃獻給已逝的教練。
ささやか 【ささやか】	ささやかな願い (小小的心願)	ささやかな願いを叶えてあげたい。 想幫她實現這小小的心願。
	ささやかなプレゼント (小禮物)	彼女はほほえんで僕のささやかなプレゼントを受け取ってくれた。 她微笑的收下我送的小禮物。

關鍵字	搭配詞	例句
さしず 【指図】	指図を受ける (接到指示)	君なんかの指図は受けないよ。 我才不接受你的任何指示。
	指図どおりに行動する (遵照指示行動)	私は上司の指図どおりに行動します。 我遵照主管的指示行動。
さそい 【誘い】	誘いを受ける (接受邀約)	結婚式の二次会の誘いを受けました。 接受婚宴續攤的邀約。
	誘いをかける (慫恿)	彼女に誘いをかけたら、喜んでやってきた。 一慫恿她，她就高興地來了。
さしおく 【差し置く】	仕事を差し置く (把工作擱下)	仕事を差し置いて野球を見に行く。 把工作擱下去看棒球。
	部長を差し置く (越過部長)	部長を差し置いて社長に報告した。 越過部長跟社長報告。
さしつかえる 【差し支える】	勉強に差し支える (影響念書)	遊びもいいが明日の勉強に差し支えてはいけない。 玩樂可以但不可以影響明天的功課。
	仕事に差し支える (影響工作)	よく眠らないと、仕事に差し支える。 沒睡好的話會影響到工作。

さ

關鍵字	搭配詞	例句
さっぱり	さっぱり忘れる (忘得一乾二淨)	過去に起きたいやな出来事をさっぱり忘れた。 把過去發生過討厭的事情忘得一乾二淨。
	料理がさっぱりとする (清淡的料理)	体調があまり良くない時、さっぱりした料理を食べたほうがいい。 身體狀況不太好時，最好吃清淡的食物。
さび 【錆】	錆が出る (生鏽)	台所の蛇口から錆が出る。 廚房的水龍頭生鏽。
	錆を止める (防鏽)	錆を落としたあと漆を塗って錆を止めました。 去掉鏽後塗上油漆防鏽。
さびしい 【寂しい】	口が寂しい (嘴饞)	お腹が空いているわけではないのに何となく口が寂しくて間食を食べ過ぎてしまう。 明明沒有肚子餓，卻總覺得嘴饞而吃太多零食。
	景色が寂しい (景色孤寂)	いつもの帰り道で見慣れたはずの景色が寂しい。 回程路上看慣的風景竟覺得有點寂寞。
さます 【冷ます】	熱を冷ます (降溫)	食べ物で熱を冷ます。 利用食物降溫。

關鍵字	搭配詞	例句
	情熱を冷ます (降低熱情)	この雨と湿気が旅への情熱を冷ました。 這場雨及濕氣降低了對旅遊的熱情。
さめる 【覚める】	目が覚める (睡醒)	夜中に何度も目が覚めた。 半夜醒來好幾次。
	酔いが覚める (酒醒)	酒を飲んで酔いが覚めるころ、頭がズキズキと痛くなってくる。 喝酒酒醒時，頭隱隱作痛。
さゆう 【左右】	感情に左右される (受感情影響)	人間だはいわば感情に左右されやすい生き物である。 人類是容易受感情影響的生物。
	運命を左右する (左右命運)	人格は私たちの運命を左右する。 人格會影響我們的命運。
さわぎ 【騒ぎ】	騒ぎを起す (鬧事)	あの日はホテルで火災報知機を鳴らすなどの騒ぎを起こしたため逮捕された。 那天因為在飯店使火災警報器作響引起騷動而被逮捕。
	大騒ぎになる (大亂)	そのニュースで家中大騒ぎになった。 因為那則新聞家裡鬧得天翻地覆。

關鍵字	搭配詞	例句
さわる 【触る】	展示品に触る (觸碰展示品)	実際の展示品に触れることはできない。 不可以觸摸眞正的展示品。
	問題に触る (接觸問題)	私は一切この問題には触らないようにしていきたいと思っております。 我打算一概不接觸這個問題。
ざんねん 【残念】	残念に思う (感到可惜)	思いどおりにできなかったことを残念に思う。 無法如願以償感到可惜。
	残念に堪えない (深感遺憾)	大切な指導者を失いましたことは、誠に残念に堪えない。 失去重要的指導者深感遺憾。
しあい 【試合】	試合に出る (參加比賽)	試合に出て勝つことが目標だ。 參加比賽贏得勝利是我的目標。
	試合にならない (談不上比賽)	実力の差がありすぎて、試合にならなかった。 雙方實力差太多談不上比賽。
しあん 【思案】	思案を凝らす (沉思)	彼はどうしたらいいかといろいろ思案を凝らした。 他想了許多辦法該怎麼做才好。
	思案に暮れる (不知如何是好)	私は新しい鞄を購入しようかと思案に暮れていた。 我對是否要買新的包包而感到不知如何是好。

關鍵字	搭配詞	例句
しお 【塩】	塩をかける (灑鹽)	スイカに塩をかけると甘くなる。 在西瓜上灑鹽，會變甜。
	塩に漬ける (醃漬)	たくさんもらったので食べ切れないワカメを塩に漬けてみます。 因爲別人給了很多海帶，所以將吃不完的海帶醃漬。
しかい 【視界】	視界が開ける (視野寬闊)	坂を登りきったとたんに視界が開けた。 爬上山坡視野豁然開闊了起來。
	視界が悪い (視野不佳)	雨が降っているので視界が悪く飛行機は空港に着陸出来なかった。 因爲下雨視野不佳飛機無法降落在機場。
	視界がきかない （目光短淺）	彼は視界がきかない人です。 他是個目光短淺的人。
しかく 【資格】	資格を取る (取得資格)	弁護士の資格を取りたい。 想取得律師資格。
	投票の資格がある (具有投票的資格)	十八歳になると投票の資格がある。 一到18歳就具有投票的資格。
じかん 【時間】	時間をかける (花時間)	彼女はピアノの練習に多くの時間をかける。 她花了許多時間在練習鋼琴上。

關鍵字	搭配詞	例句
	時間を守る (遵守時間)	時間を守ることは、自分の信用に関わることである。 遵守時間與自己的信用息息相關。
じき 【時機】	時機を待つ (等待時機)	弱者は時機を待つ、強者は時機を創造する。 弱者是等待時機，強者則是創造時機。
	時機に乗ずる (趁機)	時機に乗じて出世しようとする。 趁機出人頭地。
しく 【敷く】	布団を敷く (鋪被子)	私はベットの上に布団を敷いて寝ています。 我在床鋪上鋪著被子睡覺。
	鉄道を敷く (鋪設軌道)	鉄道を敷いて町を発展させよう。 鋪設鐵軌，讓城鎮發展起來。
しげき 【刺激】	刺激を与える (給予刺激)	変化のない毎日にちょっとした刺激を与える。 給一成不變的每一天帶來一點刺激。
	経済を刺激する (刺激經濟)	その政策は経済を刺激する効果を持つと期待されている。 期待那項政策具有刺激經濟的效果。
しけん 【試験】	性能を試験する (測試性能)	エンジン単体での性能を試験します。 測試引擎單機的性能。

關鍵字	搭配詞	例句
	試験を受ける (參加考試)	初めて運転免許試験を受ける。 第一次參加駕照考試。
しごと 【仕事】	仕事に追われる (被工作追著)	私はこの仕事に追われていて読書する暇もない。 我被這份工作追著跑，沒有唸書的空閒。
	仕事をサボる (翹班)	彼は仕事をサボるために嘘をついた。 他為了翹班而撒謊。
しずか 【静か】	静かにする (肅靜)	キーボードのうるさい打鍵音を静かにする。 將鍵盤吵雜的打字聲音變成安靜無聲。
	心が静かだ (內心平靜)	心が静かになれる音楽を聴く。 聆聽內心會變得平靜的音樂。
しずまる 【静まる】	怒りが静まる (怒氣平息)	怒りが静まるまでひとりきりになる。 在我的怒氣平息之前請讓我一個人獨處。
	会場が静まる (會場安靜)	スピーチコンテストに出たとき、私は緊張で静まった会場の空気に圧倒されて何も言えなかった。 參加演講比賽時我被緊張又安靜的會場氣氛壓得説不出話來。

76

關鍵字	搭配詞	例句
しせい 【姿勢】	姿勢を正す (調整姿勢)	姿勢を正すだけで、消費カロリーは増大します。 光是調整姿勢，就可以增加消耗的卡路里。
	姿勢を取る (採取姿勢)	椅子に腰掛けて楽な姿勢を取る。 坐在椅子上，採取輕鬆的姿勢。
した 【舌】	舌が肥える (挑嘴)	あの人は舌が肥えているから、その料理では満足しないと思う。 那個人很挑嘴，光那道料理是不會滿足的。
	舌をやけどする (舌頭燙傷)	熱い飲み物で舌をやけどしました。 因為熱的飲料而燙傷舌頭。
したしみ 【親しみ】	親しみを感じる (感到親切)	多くの台湾人は日本に親しみを感じる。 多數的台灣人對日本感到親切。
	親しみが籠る (充滿熱誠)	彼の握手には親しみが籠っていなかった。 他的握手沒有熱誠。
しっかり	土台がしっかりする (地基扎實)	この家は土台がしっかりしている。 這棟房子的地基很扎實。
	しっかりした体 (健壯的身體)	栄養摂取をしてしっかりとした体を作りましょう。 攝取營養培養出健壯的身體吧。

關鍵字	搭配詞	例句
しつもん 【質問】	質問を受ける (接受詢問)	お客様からいろいろ御相談や質問を受けます。 接受客人的諮詢與詢問。
	質問を出す (提出問題)	先生に質問を出したのですが回答が1通も来ない。 雖然有向老師提出問題，但是連一封回信也沒有。
しばい 【芝居】	芝居を見る (看戲)	今日は予定通りに見たいお芝居を見に行きました。 今天按照計劃的去看了想看的戲劇。
	芝居がはねる (戲劇閉幕)	芝居がはねたあと、飲みに行こう。 戲劇閉幕後，去喝一杯吧。
しはらい 【支払い】	支払いを済ます (付清)	お支払いを済まされた時に、領収書をお受け取りください。 付完錢時請領取收據。
	支払いを停止する (停止付款)	その銀行は支払いを停止した。 那間銀行停止付款。
しぶい 【渋い】	渋い味 (有澀味)	ホットケーキの生地をなめると渋い味がします。 嚐了一口鬆餅的麵糰發現有一股澀味。

さ

關鍵字	搭配詞	例句
	渋い顔 (板著臉)	先日渋い顔をしていたが、今日はようやく安心して笑った。 前幾天板著臉，今天終於安心地笑了。
しぼる 【絞る】	タオルを絞る (擰毛巾)	テーブルが汚れちゃったので水で濡らしたタオルを絞って拭きました。 桌子髒了所以用水沾濕的毛巾擰乾後擦拭。
	知恵を絞る (絞盡腦汁)	皆で知恵を絞っていい方法を考えた。 大家一起絞盡腦汁想出一個好方法。
	音量を絞る (降低音量)	スピーカーの音量を絞てください。 請降低喇叭的音量。
しまつ 【始末】	始末を語る (述説始末)	彼は事の始末を語った。 他述説事情的始末。
	始末をつける (善後)	この事の始末はきっちりつけて欲しい。 希望好好將這件事情善後。
しまり 【締り】	締りがない (鬆懈)	会社の上司に仕事に締りがないといわれた。 被公司的主管説我工作鬆懈。
	締りをつける (結束)	どんな事にも締りをつける。 做任何事都要告個段落。

關鍵字	搭配詞	例句
じまん 【自慢】	自慢をする (誇耀)	近所のおじいさんはよく娘の 自慢をする。 鄰居的爺爺時常誇讚自己的女兒。
	自慢の品 (自豪的商品)	各地域の自慢の品を集めて出展 した。 集結了各地區自豪的商品參展。
じみ 【地味】	地味な性格 (樸實的個性)	彼は地味な性格で社交は苦手 だ。 他的個性很樸實所以不擅長社 交。
	地味な生活 (樸素的生活)	彼の生活はきわめて地味であっ た。 他的生活非常的樸素。
しめす 【示す】	実物を示す (展示實品)	実物を示して生徒の興味を引き 出す。 展示出實品，引出學生的興趣。
	目標を示す (表示目標)	目標を明確に示したい。 想要明確的表示目標。
しめる 【締める】	シートベルトを締 める (繫安全帶)	後部座席でもシートベルトを締 めよう。 即使是後座也要繫安全帶。
	出費を締める (節省支出)	出費を締めないと赤字になりそ うだ。 再不節省支出的話就要入不敷出 了。

關鍵字	搭配詞	例句
しや 【視野】	視野が狭い (眼界狹窄)	よく仕事で、「視野が狭い」と上司から指摘されます。 我常在工作上被主管說「眼界狹窄」。
	視野を広げる (擴展視野)	スキルアップするには、まず視野を広げること。 要提升技能首先要擴展視野。
しゃしん 【写真】	写真を撮る (照相)	旅行に行ったらなんといっても楽しみなのが記念写真を撮る事ですね。 去旅行的時候，最開心的就是拍照了。
	写真を引き伸ばす (將照片放大)	お気に入りの写真を引き伸ばす。 將喜歡的照片放大。
じゃま 【邪魔】	邪魔になる (妨礙)	邪魔にならないようにする。 不要妨礙他人。
	邪魔が入る (遇到干擾)	私の仕事には多くの邪魔が入った。 我的工作遇到了好多干擾。
しゃれ 【洒落】	洒落を言う (說笑話)	彼はいつも詰まらない洒落を言う。 他總是說一些無聊的笑話。
	洒落がうまい (擅長說笑話)	彼は洒落がうまい。 他很會說笑話。

關鍵字	搭配詞	例句
じむ 【事務】	事務を執る (辦公)	彼は普段市役所で事務を執っている。 他平常在市公所辦公。
	事務を引き継ぐ (接辦工作)	前任者から事務を引き継ぐ。 從前任者承接工作。
じもと 【地元】	地元の人 (當地人)	ガイドブックもネットにも頼らずに地元の人におすすめの場所を観光してみたい。 不依賴旅遊書與網路，想去當地人推薦的地方觀光。
	地元のチーム (當地隊伍)	彼が小学生の頃、地元のサッカーチームに所属していました。 他小學的時候屬於當地的足球隊伍。
じゅん 【順】	順をつける (排次序)	数字で順番をつけてください。 請用數字排次序。
	順が来る (輪到班)	あまり待たずにわたしの順が来た。 不需等太久就輪到我了。
じゅんちょう 【順調】	順調に進む (順利進行)	新しい政策が順調に進んでいる。 新的政策正順利的進行著。
	順調に回復する (順利地恢復)	彼は回復が順調なら、2月には職場に復帰します。 他的恢復如果順利，二月就可以回到職場。

さ

關鍵字	搭配詞	例句
じゅんばん 【順番】	順番を待つ (排號)	銀行で椅子にかけながら順番を待っていた。 在銀行一邊坐著一邊排號等候。
	順番が来る (輪到我)	診察の順番が来たら名前をお呼びします。 若輪到你看病會叫名字。
しょうがい 【障害】	障害にぶつかる (遇到障礙)	障害にぶつかっても落胆してはならない。 就算遇到障礙也不可以氣餒。
	障害を起こす (發生障礙)	最近、仕事で大きな障害を起こしてしまった。 最近在工作上發生很大的障礙。
しょうけん 【条件】	条件を満たす (符合條件)	応募条件を満たしていても採用されない人は多い。 有許多人即使符合徵選條件也沒被錄用。
	条件に同意する (同意條件)	政府はすでに不公正な条件に同意している。 政府已經同意不公平的條件。
じょうほう 【情報】	情報を握る (掌握情報)	オリジナル情報を握っている。 握有第一手消息。
	情報を集める (收集情報)	さまざまな方面から情報を集める。 從各方面收集情報。

關鍵字	搭配詞	例句
しょくじ 【食事】	食事を取る (用餐)	夜遅い時間に食事を取る人が増えてきているようです。 很晚才吃飯的人似乎增加了。
	食事を抜かす (少吃一頓飯)	忙しいからといって食事を抜かすのは厳禁。 嚴禁因為忙碌就少吃一頓飯。
じょうず 【上手】	上手になる (變得擅長)	日本語を練習すれば上手になる。 日文只要多練習就會變厲害。
	料理が上手だ (擅長料理)	料理にまったく興味のなかった私がたった半年で料理が上手になった。 對料理完全沒興趣的我只花半年就變得擅長做菜。
じょうだん 【冗談】	冗談を言う (說笑話)	彼氏は冗談を言うことが楽しいと言ってよく冗談を言います。 我的男朋友覺得說笑話很有趣，所以常常說笑話。
	冗談が過ぎる (玩笑過頭)	冗談が過ぎて相手を怒らせてしまった。 開玩笑開過頭惹對方生氣了。
じょうぶ 【丈夫】	丈夫な子 (健康的孩子)	お姉さんが最近丈夫な子を生みました。 姊姊最近生了一位健康的孩子。
	椅子が丈夫だ (堅固的椅子)	軽くて丈夫な椅子がほしい。 我想要一把又輕又堅固的椅子。

關鍵字	搭配詞	例句
しらべる 【調べる】	原因を調べる (調查原因)	事故の原因を徹底的に調べる。 徹底調查事故的原因。
	問題を調べる (調查問題)	地球温暖化問題を調べるように進めていきます。 進行調查地球暖化的問題。
しり 【尻】	尻を丸出す (光屁股)	子供はお尻を丸出して遊んでいる。 小孩子光著屁股玩耍。
	尻が長い (久坐不走)	あの客はいつもお尻が長い。 那位客人總是久坐不走。
しるし 【印】	印をつける (做記號)	正しい答えに印をつけてください。 請在正確的答案上做記號。
	平和の印 (和平的象徵)	鳩は平和の印である。 鴿子是和平的象徵。
しわ 【皺】	皺を伸ばす (把皺褶用平)	アイロンで洋服の皺を伸ばす。 用熨斗把衣服的皺褶燙平。
	皺が増える (皺紋變多)	いつもイライラしている、神経質な人ほど早く皺が増えると言われている。 據説總是焦躁不安的人皺紋會越快增多。

關鍵字	搭配詞	例句
しんせつ 【親切】	女性に親切だ (對女性親切)	このホテルは女性に親切なので人気がある。 這間飯店因爲對女性很親切所以很有人氣。
	親切な人 (親切的人)	海外で親切な人に出会えて良かった。 在海外遇到親切的人眞好。
しんぶん 【新聞】	新聞に載せる (刊登在報紙上)	活動を新聞に載せたい。 想將活動刊登在報紙上。
	新聞を配達する (送報紙)	毎朝バイクで新聞を配達しています。 每天早上騎機車送報紙。
しんぼう 【辛抱】	辛抱が足りない (耐性不夠)	私は辛抱がとても足りない人だと思っています。 我覺得自己是個耐性非常不足的人。
	辛抱を重ねる (反覆忍耐)	あの選手はじっと辛抱を重ねてチャンスを待っている。 那位選手一直忍耐著等待機會。
すいみん 【睡眠】	睡眠をとる (睡覺)	もう少し睡眠をとる必要があります。 需要再睡一下。
	睡眠に入る (進入睡眠)	静かな音楽のほうが睡眠に入るためには向いている。 平靜的音樂適合入睡。

さ

關鍵字	搭配詞	例句
すう 【吸う】	タバコを吸う (抽菸)	彼はタバコを吸うのをやめました。 他戒菸了。
	水を吸う (吸水)	スポンジがよく水を吸う。 海綿很會吸水。
すがた 【姿】	姿を現す (現身)	その男は突如姿を現した。 那個男生突然出現。
	姿を映す (照模樣)	鏡に自分の姿を映す。 鏡子照出自己的模樣。
すき 【好き】	好きになる (喜歡上)	子供は幼稚園が好きになった。 小孩喜歡上幼稚園。
	好きにさせる (隨意)	自分の部屋だから好きにさせてください。 因為是我自己的房間請任憑我處置。
すき 【隙】	隙がない (沒有可趁之機)	彼のやることはまったく隙がない。 他的所作所為無懈可擊。
	隙を縫う (抽空)	雨がやんだ隙を縫って外出した。 趁著雨停的空檔外出。

關鍵字	搭配詞	例句
すききらい【好き嫌い】	好き嫌いがない (沒有好惡)	彼はほとんど好き嫌いはなかったが、特に納豆の入った食べ物を好みとした。 他幾乎沒有特別討厭吃的東西，但是他特別喜歡吃有納豆的食物。
	好き嫌いが激しい (好惡明顯)	うちの子供は好き嫌いが激しくて困っています。 我家的小孩好惡很明顯，讓我很困擾。
すく【空く】	手が空く (有空)	彼の手が空くまで待つことにした。 我決定等到他有空爲止。
	電車が空く (電車很空)	昼間の電車は空いています。 白天的電車很空。
すごい【凄い】	凄い目付き (凶狠的眼神)	彼は凄い目付きで私を睨んだ。 他以兇狠的眼神瞪我。
	凄い人気 (超人氣)	あの商品は凄い人気で手に入らないみたいです。 那項商品超人氣似乎很難拿到手。
すじ【筋】	筋を通す (通情達理)	彼はすべてに筋を通す人なので、信頼できる。 他是一個凡事通情達理的人，值得信賴。

さ

關鍵字	搭配詞	例句
	筋が合う (合理)	このお金を払わなかったら、筋が会わない。 不付這筆錢是不合理的。
すじみち 【筋道】	筋道が立つ (有道理)	筋道の立った意見を提出してください。 請提出合情合理的意見。
	筋道を踏む (按照程序)	筋道を踏んで許可を求める。 按照程序徵求許可。
すすめる 【勧める】	留学を勧める (建議留學)	教授は私に留学を勧めてくれた。 教授建議我留學。
	出席を勧める (建議出席)	彼女に送別会への出席を勧めていただいた。 她建議我出席歡送會。
すっぱい 【酸っぱい】	口を酸っぱくする (費盡唇舌)	両親が口を酸っぱくしてもっと勉強に時間を使うようにと説得した。 父母親費盡唇舌的説服小孩多花點時間在念書上。
	酸っぱい味がする (有酸味)	その牛乳は酸っぱい味がする。 那個牛奶有股酸酸的味道。
すてる 【捨てる】	ゴミを捨てる (丟垃圾)	毎日、ゴミ収集車でゴミを捨てる。 每天利用垃圾車丟垃圾。

關鍵字	搭配詞	例句
	望みを捨てる (捨棄希望)	どんな事があっても彼は決して望みを捨てなかった。 無論發生甚麼事，他絕對不會捨棄希望。
すなお 【素直】	素直に受ける (眞誠的接受)	人様から頂いたご厚意は、素直に受けるべきだと思う。 我覺得應該眞誠地接受他人的好意。
	素直に白状する (老實交代)	最初はとぼけていたが、問い詰めた結果素直に白状した。 最初雖然裝傻，追問後終於老實交代了。
すべる 【滑る】	手が滑る (失手)	彼はプロだから手が滑って間違えたりするはずがない。 他很專業，不會失手弄錯的。
	口が滑る (口無遮攔)	彼は酒に酔うと口が滑って何を言い出すか分からない。 他一喝醉酒，就會口無遮來不知道會講出甚麼話來。
ずぼし 【図星】	図星を言い当てる (説中心事)	図星を言い当てられると、つんとむくれる。 被説中心事後他就會板起臉來。
	図星を指す (擊中要害)	彼は図星を指されてろうばいした。 他被擊中要害而狼狽不堪。
すます 【済ます】	仕事を済ます (結束工作)	仕事を済ましたらすぐ行く。 工作結束後會馬上過去。

關鍵字	搭配詞	例句
	ご飯を済ます (用完餐)	わたしは外食やコンビニ弁当でご飯を済ます。 我總是利用外食或便利商店的便當來解決三餐。
すむ 【済む】	試験が済む (考試結束)	試験が済むまでは忙しくて暇がないだろうと思います。 我想在考試結束前我都會忙到沒有空閒時間。
	無事に済む (順利結束)	出産が無事に済むと一安心。 生產順利結束姑且安心。
すわる 【座る】	きちんと座る (端端正正的坐著)	椅子にきちんと座ることを習慣づける。 養成端正坐在椅子上的習慣。
	椅子に座る (坐上位子)	誰が社長の椅子に座るのか注目されている。 大家都在注意誰會坐上社長的寶座。
すんぽう 【寸法】	寸法を測る (測量尺寸)	部屋の窓や家具の寸法を測る。 測量房間的窗戶與家具的尺寸。
	寸法が狂う (弄亂了計畫)	時間が経つと寸法が狂ってしまう。 時間一過，計畫就亂了。
せ 【背】	背を伸ばす (長高)	サプリメントなどに頼らないで背を伸ばす正しい方法を教える。 教你不依賴營養補給品長高的正確方法。

關鍵字	搭配詞	例句
	背が高い (身材高挑)	背が高い女性は、スタイルよく服を着こなせる。 身材高挑的女性穿衣服比較有型。
せいいっぱい 【精一杯】	精一杯やる (拼命)	目の前の仕事を精一杯やることが大切だ。 拼命做好眼前的工作是重要的。
	精一杯の努力 (盡全力努力)	目標をめざして精一杯努力しなければすぐれた業績は上がらない。 如果沒有朝向目標盡全力努力的話業績是無法提升的。
せいかく 【性格】	性格が異なる (個性不同)	学年によって生徒の性格は異なる。 學生的個性因學年而不同。
	性格に合う (適合個性)	性格に合った職業を探したい。 想找適合個性的工作。
せいかつ 【生活】	生活に困る (生活困苦)	さまざまな事情で働けない状態にあり、貯蓄も資産もなくなって生活に困っている。 因爲各種事情處於無法工作的狀態，沒有儲蓄也沒有資産而生活困苦。
	生活を送る (過生活)	健康な生活を送るうえで、食事に気を使っている人は多いと思います。 爲了過健康的生活有很多人注意到飲食。

さ

關鍵字	搭配詞	例句
せいきゅう 【請求】	支払いを請求する (要求付款)	保険会社に支払いを請求する際、様々な書類を提出する必要があります。 要求保險公司付款時，須準備各種文件。
	賠償を請求する (請求賠償)	相手には、事件によって生じた損害の賠償を請求することができる。 可以向對方請求賠償事件所產生的損害。
せいしん 【精神】	精神を集中する (集中精神)	試験中に精神を集中したほうがいい。 考試時最好集中精神。
	精神を打ち込む (專心)	練習中は試合を考え、集中して精神を打ち込む。 練習時只想著比賽集中並專心。
ぜいたく 【贅沢】	贅沢を言う (挑剔)	あなたはあれこれ贅沢を言う。 你一直挑剔東挑剔西。
	口が贅沢 (挑嘴)	色々食べると口が贅沢になる。 嘗盡各種食物後，變得挑嘴。
せおう 【背負う】	赤ん坊を背負う (背嬰兒)	ママは赤ん坊を背負って買い物をしている。 媽媽背著嬰兒買東西。
	借金を背負う (負債)	知らないうちに借金を背負ってしまった。 在不知情的情況下負債。

關鍵字	搭配詞	例句
せき 【席】	席を外す (離開位置)	ちょっと席を外してほしい。 想請你離開位置一下。
	席を取る (佔位置)	自分の席を荷物などで取っておくことはマナー違反。 用行李等來佔位置是沒有禮貌的。
せきにん 【責任】	責任を負う (負責)	事業が失敗した時に誰が責任を負うのか。 事業失敗的時候誰要負起責任呢？
	責任を果たす (盡責)	子供たちを守る責任を果たしたい。 想盡到保護小孩子們的責任。
せっかく 【折角】	折角作る (特意做的)	折角作ったものなのに、夫は食べてくれない。 特意做的，老公卻不吃。
	折角の休日 (難得的休假日)	折角の休日も雨でつぶれた。 難得的休假日因為雨搞砸了。
せっかち	せっかちな人 (性急的人)	何事にもせっかちな人は、誰かに邪魔されるとすぐにかんしゃくを起こします。 對任何事都性急的人只要被誰打擾就會馬上發脾氣。
	せっかちで結論を出す (急於下結論)	男性はあまり周りの意見に耳を傾けずせっかちで結論を早く出す事が多いです。 多數男生不太聆聽周遭的意見且急於下結論。

關鍵字	搭配詞	例句
せっとく 【説得】	説得する (説服)	結婚に反対する両親を説得したい。 想要説服反對結婚的父母親。
	説得力がある (有説服力)	説得力のあるプレゼンテーションスキルを身につける。 得到具有説服力的簡報技巧。
せなか 【背中】	背中を向ける (背對)	私が背中を向けるやいなや，彼はありとあらゆるいたずらをした。 當我背對著，他就會對我惡作劇。
	背中を流す (刷背)	子供のとき、よくお父さんの背中を流していた。 小時候很常幫父親刷背。
せまい 【狭い】	部屋が狭い (房間狹小)	一人暮らしの部屋はたいてい狭い。 一個人住的房間通常都很狹小。
	道が狭い (道路狹窄)	その道はその荷物を通すには狭いと思います。 這條通道對於搬運那個行李來說有點狹窄。
ぜひ 【是非】	是非をわきまえる (辨別是非)	彼の発言は事実を無視し、物事の是非をわきまえていない。 他的發言忽略事實並沒有辨別事情的是非。
	是非伺う (務必拜訪)	機会があれば是非伺います。 有機會的話一定拜訪。

關鍵字	搭配詞	例句
せめる 【責める】	自分を責める (責備自己)	何かが起きた時、自分を責めてしまう事は誰でもある事だ。 在發生事情的時候責備自己，是任何人都有過的事。
	両親に責められる (被父母親責罵)	その子供が物を盗って両親に責められた。 那位小朋友偷東西被父母親責罵。
せりふ 【台詞】	台詞を言う (說台詞)	役者は台詞を言うことよりも聴くことのほうが大事です。 演員聽台詞比說台詞更重要。
	台詞を覚える (記台詞)	リハーサルを始める前に、彼女は台詞を覚えていない。 在開始彩排前，她還沒記住台詞。
せわ 【世話】	お世話になる (受到關照)	お世話になったすべての人に恩返しをする。 向曾經關照我的所有人報恩。
	世話をかける (麻煩關照)	留守中は随分親戚に世話をかけた。 外出時我受到親戚很多關照。
ぜんご 【前後】	前後を顧みる (考慮前因後果)	前後を顧みるいとまがなかった。 沒時間考慮前因後果。
	話が前後する (說話顛倒)	話が前後してわかりにくい。 談話前後顛倒很難懂。

さ

關鍵字	搭配詞	例句
せんでん 【宣伝】	宣伝に乗る (上宣傳的當)	うっかり宣伝に乗って大損した。 完全上了宣傳的當損失慘重。
	自分たちを宣伝する (自我宣傳)	今、インターネットを使えば、自分たちで自分たちを宣伝できる。 現在只要使用網路就可以靠自己的力量宣傳自己。
せんとう 【先頭】	先頭を走る (走在前端)	台北は近代化の先頭を走っている。 台北走在近代化的前端。
	先頭に立つ (站在前頭)	リーダーはチームの先頭に立ってメンバーに指示と命令を与える。 隊長站在隊伍的前頭給予隊員指示與命令。
そこ 【底】	底をつく (跌落谷底)	値段が底をついた。 價錢跌落谷底了。
	底が知れない (無限)	底が知れない力を秘めた。 隱藏著無限的力量。
そうぞう 【想像】	想像を絶する (難以想像)	避難した場所から見た光景は、想像を絶するものだった。 從避難場所看到的情景是難以想像的。
	想像がつく (想像得到)	話の内容はだいたい想像がつく。 大概想像得到談話的內容。

關鍵字	搭配詞	例句
そうだん 【相談】	相談を受ける (接受商量)	友人や同僚から相談を受けることが多い。 朋友及同事時常來找我商量事情。
	相談に乗る (參與協商)	悩みでもあるなら相談に乗る。 有甚麼煩惱都可以來找我商量。
そこなう 【損なう】	機嫌を損なう (打壞心情)	相手の機嫌を損なっても自らの立場を主張する。 即使打壞對方的心情也要主張自己的立場。
	健康を損なう (損害健康)	タバコは健康を損ないます。 香菸會損害健康。
そそる	食欲をそそる (引起食慾)	おいしそうな料理に、食欲をそそられる。 食慾被看似美味的料理給引起。
	興味をそそる (引起興趣)	大学では好きな授業が取れるし、自分の興味をそそってくれるような授業がたくさんあります。 在大學可以上喜歡的課，又有很多可以引起自己興趣的課。
そだち 【育ち】	育ちが良い (家教很好)	きちんとあいさつできる人は育ちが良く見える。 能夠好好打招呼的人看起來家教很好。

關鍵字	搭配詞	例句
	育ちが早い (長得很快)	この魚は育ちが早い。 這隻魚長得很快。
そなえる 【備える】	停電に備える (預防停電)	停電に備えて、懐中電灯やろうそくなどを用意しておくと安心です。 預防停電事先準備手電筒與蠟燭較安心。
	冷蔵庫が備える (備有冰箱)	このホテルは各室に冷蔵庫が備えてある。 這間飯店每個房間都備有冰箱。
そぼく 【素朴】	素朴な人 (質樸的人)	田舎の人々は、全体的に明るく陽気で、素朴な人が多いと言われています。 據說鄉下的人整體較多開朗陽光又質樸的人。
	素朴な疑問 (單純的問題)	素朴な疑問に答え、様々な知識が得られる。 回答簡單的題目可以得到各種知識。
そまつ 【粗末】	粗末な食事 (粗茶淡飯)	彼は粗末な食事にもあまり文句は言っていなかった。 對於粗茶淡飯他從未說過任何一句怨言。
	食べ物を粗末にする (浪費食物)	子供の頃から「食べ物を粗末にするな」と教えられてきた。 從小就被教不可以浪費食物。

99

關鍵字	搭配詞	例句
そら 【空】	空を飛ぶ (在空中飛)	鳥みたいに空を飛びたい。 想要像鳥一樣在空中飛。
	空を使う (裝作不知道)	空を使ってとりあわない。 裝作不知道而不理會。
そらす 【逸らす】	目を逸らす (移開視線)	現実から目を逸らしてはいけない。 不可以逃避現實。
	話題を逸らす (岔開話題)	彼は話題を逸らし責任を回避している。 他扯開話題逃避責任。
そろう 【揃う】	商品が揃う (商品齊全)	この店は他にはないオリジナルの可愛い商品がいっぱい揃ってます。 這間店有很多其他店沒有的原創可愛商品。
	足並みが揃う (步調整齊)	全員の足並みが揃うと行進が美しく見える。 整體步調整齊行進看起來好美。

た

關鍵字	搭配詞	例句
たいおう 【対応】	時勢に対応する (對應時勢)	当社は防犯のエキスパートとして、常に時勢に対応したサービスを提供いたします。 本公司身爲防止犯罪的專家，總是爲您提供對應時勢的服務。
	女性に対応する (應付女生)	若い女性にはうまく対応できない。 我無法好好地應付年輕女生。
だいじ 【大事】	大事にする (珍惜)	人とのお付き合いを大事にする。 珍惜人與人之間的交往。
	大事に使う (小心使用)	貴重な水を大事に使う。 小心使用珍貴的水。
たいする 【対する】	質問に対する (針對問題)	質問に対してうまく回答できない人がいる。 有人不擅長回答問題。
	お客に対する (面對客人)	すべてのお客さまに対して、熱意と感謝の気持ちを持つ。 對於所有的顧客抱持著熱誠與感謝的心情。
たいど 【態度】	態度を示す (展現出態度)	愛想の良い態度を示す。 展現出和藹可親的態度。

關鍵字	搭配詞	例句
	態度を取る (採取某種態度)	彼女に対して強い態度を取る。 對她採取強硬的態度。
たえる 【堪える】	痛みに堪える (承受痛苦)	もう失恋の痛みに堪えることができない。 我已經無法承受失戀的痛苦。
	試練に堪える (承受考驗)	彼は世の中の厳しい試練に堪えてきた。 他承受住這世上嚴苛的考驗。
たおす 【倒す】	ライバルを倒す (打倒敵人)	ライバルを倒してやっと上へいけるようになった。 我終於打倒敵人往上爬。
	花瓶を倒す (把花瓶弄倒)	うっかりして花瓶を倒した。 一不留神就把花瓶弄倒了。
たおれる 【倒れる】	会社が倒れる (公司倒閉)	資金が不足すれば会社は倒れます。 如果資金不足公司就會倒。
	建物が倒れる (建築物倒塌)	地震で建物が倒れた。 建築物因為地震倒塌。
たかい 【高い】	名声が高い (名氣大)	彼は優れたダンスとして名声が高い。 他以身為優秀的舞蹈家而聲名大噪。
	目が高い (眼光高)	この茶碗を選ぶとは、さすが目が高い。 選擇這個碗，眼光果然高。

た

關鍵字	搭配詞	例句
たくわえる 【蓄える】	食料を蓄える (儲存糧食)	昔、地下に掘り込んだ穴に食料を蓄える方法もありました。 以前會在地底下挖地洞來儲存糧食。
	ひげを蓄える (留鬍子)	丸顔の幼いイメージを消すためにひげを蓄えるようになった。 為了消除圓臉的幼稚形象而決定留鬍子。
たしか 【確か】	確かな返事 (確切的回答)	諾否いずれとも確かなご返事を頂きたい。 無論答應與否請給我確切的回答。
	確かな証拠 (確鑿的證據)	具体的で確かな証拠を挙げて告発する。 舉出具體且確鑿的證據來告發。
たしかめる 【確かめる】	意向を確かめる (確認意圖)	お客様の意向を確かめた上で対応を考える。 在確認客人的意圖後再來思考對應的方式。
	場所を確かめる (確定場所)	緊急時の集合場所を確認しておく。 要事先確認緊急狀況時的集合場所。
だす 【出す】	頭を出す (探頭)	運転中、窓から頭を出すと危ない。 車輛行駛時從窗戶探出頭來是很危險的。

た

103

關鍵字	搭配詞	例句
	熱を出す (發燒)	彼は熱を出して寝ている。 他因爲發燒而正在睡覺。
たすけ 【助け】	助けを求める (求救)	助けを求める叫び声を聞いた。 我聽到求救的叫聲。
	助けになる (成爲幫助)	その辞書はあなたにとって大きな助けになるでしょう。 那本字典對於你來説應該是有很大的幫助吧。
たずねる 【尋ねる】	道を尋ねる (問路)	私はよく道を尋ねられます。 我很常被問路。
	理由を尋ねる (問理由)	インターネットを利用していない人にその理由を尋ねたい。 我想問沒有上網的人理由。
ただ 【只】	只であげる (免費給)	不要品を只であげる。 免費給人不要的東西。
	只の仲 (普通朋友)	二人は只の仲ではないらしい。 那兩個人好像不是普通朋友。
たたく 【叩く】	手を叩く (拍手)	神社では手を叩いてお参りをします。 在神社要拍手參拜。
	意見を叩く (詢問意見)	上司の意見を叩いたほうがいい。 最好詢問上司的意見。

た

た

關鍵字	搭配詞	例句
ただしい 【正しい】	正しく発音する (正確發音)	正しく聞き取れないと、正しく発音することができない。 如果沒有正確的聆聽，就無法正確的發音。
	正しい意見 (正確的意見)	著者は、特定の経済現象について、正しい意見を述べようとしている。 作者針對特定的經濟現象闡述正確的意見。
たたむ 【畳む】	布団を畳む (疊棉被)	私は起きてすぐに布団を畳む。 我起床後會立刻疊棉被。
	服を畳む (摺衣服)	服を畳んで収納する。 將衣服摺起來收納。
たちば 【立場】	立場がない (沒有立場)	これでは上司としての立場がない。 這麼一來就沒有身為上司的立場。
	立場を尊重する (尊重立場)	立場を尊重するのは大事です。 尊重立場是很重要的。
たつ 【立つ】	煙が立つ (冒煙)	火のないところに煙は立たぬ。 無風不起浪。
	席を立つ (離席)	エンドロールで席を立つ人が多い。 很多人在謝幕時離席。

105

關鍵字	搭配詞	例句
	噂が立つ (傳聞)	彼が近く退職するだろうという噂が立っている。 傳說他最近快要離職了。
たっする 【達する】	ゴールに達する (抵達終點)	必ず、その道はゴールに達する。 那條道路一定會抵達終點。
	望みを達する (達成願望)	力の弱い者であっても一生懸命になれば望みを達することができる。 即使力量薄弱，只要努力也能達成願望。
たてる 【立てる】	看板を立てる (立招牌)	国道沿いに看板を立ててお店まで誘導する。 沿著國道立招牌將客人引導到店裡。
	人を立てる (派遣人)	人を立てて縁談を進める。 派人去談婚事。
たてる 【建てる】	アパートを建てる (蓋房子)	住宅ローンを使い、新築のアパートを建てる。 使用住宅貸款來興建新房子。
	記念碑を建てる (立紀念碑)	その記念碑は広島平和公園に建てられた。 那個紀念碑就建在廣島和平公園。
たとえ 【喻え】	喻えを出す (舉例)	簡単な喻えを出して説明していただけると有り難いです。 謝謝你舉出簡單的例子來說明。

106

關鍵字	搭配詞	例句
	喩えを使う (使用例子)	先生は喩えを使って説明しており、非常に分かりやすい。 老師使用例子說明，非常易懂。
たね 【種】	種を撒く (播種)	昨年秋種を撒いたものが発芽しました。 去年秋天播的種子發芽了。
	種になる (成為材料)	失敗は成功の種になる。 失敗為成功之母。
たのしむ 【楽しむ】	旅行を楽しむ (享受旅行)	ヨーロッパ旅行を楽しむには、旅行の事前準備として、見所や観光名所を予習して勉強しておく。 要享受歐洲旅行要做好旅行的行前準備，事先預習景點與觀光勝地。
	子供の成長を楽しむ (享受小孩的成長)	子供を生んだら、仕事をやめて子供の成長を楽しもうと思っている。 生小孩的話，想要辭掉工作享受孩子成長的樂趣。
たのみ 【頼み】	頼みになる (可以依靠)	いよいよという時になると頼みになる友人は少ないものだ。 在緊要關頭能夠依靠的朋友卻很少。
	頼みを聞き入れる (聽從要求)	私の無理な頼みを聞き入れてくれた。 答應我無理的要求。

關鍵字	搭配詞	例句
だます 【騙す】	客を騙す (欺騙顧客)	客を騙して不法な利益を得るのは法律違反です。 欺騙顧客獲得不法利益是違法的。
	他人に騙される (被他人所欺騙)	彼は他人に騙されて彼女にお金を振り込んだ。 他被他人騙而匯款給她。
ため 【為】	ためになる (有用處)	今回の経験はとてもためになった。 這次的經驗非常有用。
	ためにする (別有用心)	何かためにするところがあってそうしたらしい。 好像是另有什麼目的才那樣做的。
たもつ 【保つ】	若さを保つ (保命)	バランスよく、過不足のない食事は若さを保つためにとても重要だ。 均衡不過多的飲食對於保持年輕是非常重要的。
	地位を保つ (保有地位)	リーダーとして不動の地位を保っている。 身為隊長保有不可動搖的地位。
たよる 【頼る】	地図に頼る (依靠地圖)	地図に頼って山に登り、ルートを失いかけた経験を持つ人は意外と多いようです。 依靠地圖爬山，半途找不到路線，擁有這種經驗的人意外的多。

た

關鍵字	搭配詞	例句
	杖に頼る (要靠拐杖)	おじいさんは年を取って杖に頼って歩いている。 爺爺上了年紀，所以要靠拐杖走路。
たりる 【足りる】	お金が足りない (金錢不足)	バックが欲しいけれど、お金が足りない。 雖然想要包包可是錢不夠。
	用が足りる (夠用管用)	観光客にとっては地下鉄で用が足りる。 對於觀光客來説地下鐵就很夠用。
たんき 【短気】	短気を起こす (發脾氣)	短気を起こすと、まわりが見えなくなる。 一旦發脾氣便看不清四周的情況。
	短気な人 (急性子的人)	短気な人と付き合うのは、かなりストレスがたまりやすい。 跟急性子的人往來，容易累積壓力。
たんしょ 【短所】	短所を直す (修正缺點)	短所を直し、長所を伸ばすと言うのは言うは簡単ですがなかなか難しい。 修正缺點、發揮優點，説得簡單卻相當難。
	短所を補う (補短)	自分の短所を補う方法を考えることが大切だ。 思考修補自己缺點的方法是很重要的。

關鍵字	搭配詞	例句
ち 【血】	血を流す (流血)	犯人は頭から血を流して倒れた。 犯人頭部流血倒地。
	血に塗れる (滿身是血)	私は血に塗れても譲れないものがある。 我即使滿身是血也不退讓。
ちえ 【知恵】	知恵がつく (得到智慧)	自分の失敗から知恵がつく。 從自己的失敗得到智慧。
	知恵を絞る (絞盡腦汁)	何か面白いことを言おうとして、知恵を絞った。 絞盡腦汁，想說一些有趣的事情。
ちかい 【誓い】	誓いを立てる (立誓)	タバコはもう吸わないと自分に誓いを立てる。 我對自己立下不吸菸的誓言。
	誓いを破る (違背誓約)	彼は友達との誓いを破り、裏切った。 他違背與朋友之間的誓約背叛了。
ちかい 【近い】	完成に近い (接近完成)	新しいビルは完成に近い。 新大樓接近完工。
	駅から近い (離車站近)	このレストランは駅から近いので便利だ。 這間餐廳離車站很近所以很方便。
ちかづく 【近づく】	試験が近づく (快要考試)	私は試験が近づくと落ち着きません。 快要考試我就平靜不下來。

た

110

關鍵字	搭配詞	例句
	本物に近づく (接近實體)	模写をくり返し、本物に近づいていく実感を得た。 反覆摹寫,得到漸漸接近實體的實感。
ちがい 【違い】	違いがある (有差異)	携帯電話とパソコンには五つの大きな違いがある。 手機與電腦有五大差異。
	大した違いだ (很大的區別)	私たちの間に大した違いはない。 我們之間並沒有很大的區別。
ちがう 【違う】	約束と違う (與約定不同)	仕事の時間や賃金が約束と違う。 工作的時間與薪水與約定不同。
	計算が違う (計算不同)	地域によって税金の計算が違う。 税金的計算因區域而不同。
ちかく 【近く】	近くにある (位於附近)	駅の近くに郵便局がある。 車站附近有郵局。
	百元近く (接近一百元)	円高で日本製品は百元近く上がってます。 因爲日幣漲日本製的產品會漲價近百元。
ちかよる 【近寄る】	近寄って見る (走近看)	近寄って見ると、目の前の物はよく見えるけど、まわりの物が目に入らなくなる。 走近看,眼前的東西雖看得清楚,卻看不到周遭的事物。

た

關鍵字	搭配詞	例句
	火_ひに近_{ちか}寄_よらない (不要靠近火)	子供_{こども}を火_ひに近_{ちか}寄_よらせない。 不要讓小孩子靠近火。
ちから 【力】	力_{ちから}を出_だす (出力)	実力_{じつりょく}以上_{いじょう}の力_{ちから}を出_だした。 發揮超出實力的力量。
	力_{ちから}を落_おとす (洩氣)	試験_{しけん}に落_おちたからといって、そんなに力_{ちから}を落_おとすなよ。 雖說考試落榜，但也不要那麼洩氣嘛。
ちからづよい 【力強い】	力_{ちから}強_{づよ}い呼_よびかけ (強而有力的號召)	リーダーの力_{ちから}強_{づよ}い呼_よびかけに対_{たい}し、メンバーが元気_{げんき}な返事_{へんじ}で応_{こた}える。 對於隊長強而有力的號召，隊員用有精神的回答來回應。
	力_{ちから}強_{づよ}い声_{こえ} (強而有力的聲音)	手_てを使_{つか}って力_{ちから}強_{づよ}い声_{こえ}を出_だす。 利用雙手發出強而有力聲音。
ちこく 【遲刻】	学校_{がっこう}に遅刻_{ちこく}する (上學遲到)	電車_{でんしゃ}に乗_のり遅_{おく}れて学校_{がっこう}に遅刻_{ちこく}した。 因為趕不上電車而上學遲到。
	約束_{やくそく}の時間_{じかん}に遅刻_{ちこく}する (約定的時間遲到)	私_{わたし}の彼氏_{かれし}は毎回_{まいかい}約束_{やくそく}の時間_{じかん}に遅刻_{ちこく}する。 我的男朋友每次都會耽誤約定的時間。
ちしき 【知識】	知識_{ちしき}を深_{ふか}める (加深知識)	ステップアップしながら技術営業_{ぎじゅつえいぎょう}として専門知識_{せんもんちしき}を深_{ふか}めています。 一邊提升技術一邊加深作為營業技術的專門知識。

關鍵字	搭配詞	例句
	知識を広める (增廣知識)	健康の維持・増進の知識を広めて病気を予防していく。 增廣維持健康、增進健康的知識而事先預防疾病。
ちぢめる 【縮める】	差を縮める (縮短差距)	年内に首位との差を縮めたい。 在一年內縮短與第一名的差距。
	サイズを縮める (縮小尺寸)	ジャケットのサイズを縮めてタイトにしたい。 想縮小夾克的尺寸改緊身一點。
ちゃくがん 【着眼】	着眼が良い (著眼點好)	着眼は良いが残念な点が多い。 著眼點雖好，但令人遺憾的部分卻很多。
	説に着眼する (著眼於學說)	この説に着眼して研究を始める。 從這個論說著眼開始進行研究
ちゃくしゅ 【着手】	仕事に着手する (動手工作)	締切が迫っている仕事に着手する。 動手做期限快到的工作。
	調査に着手する (動手調查)	準備が整い次第、調査に着手します。 準備齊全後著手進行調查。
ちゅうい 【注意】	注意を引く (引起注意)	派手な化粧をして他人の注意を引きたい。 畫上濃妝想吸引他人的注意。
	注意を払う (注意事物)	道路では細心の注意を払うことが重要です。 在馬路上小心注意是很重要的。

た

關鍵字	搭配詞	例句
ちゅうもく 【注目】	注目に値する (值得注視)	全国の注目に値する商品を開発したい。 想開發值得全國注目的商品。
	注目を集める (受到矚目)	今までにない画期的な発明は世間の注目を集めている。 前所未有的發明受到世人的矚目。
ちゅうもん 【注文】	注文が殺到する (訂單蜂擁而至)	現在、海外からの注文が殺到している。 現在海外的訂單如雪片般飛來。
	注文を聞く (聆聽要求)	こちらの注文をいろいろ聞いてくれた。 他聽了我很多的要求。
ちょうし 【調子】	調子が良い (狀況很好)	調子が良くて、相手に負ける気がしない。 狀況很好不覺得會輸給對方。
	調子に乗る (得意忘形)	調子に乗って無礼な態度を取るのはよくないです。 得意忘形而露出不禮貌的態度是不好的。
ちょうせつ 【調節】	音量を調節する (調節音量)	スピーカーの音量を調節する。 調節喇叭的音量。
	温度を調節する (調節溫度)	このスイッチで部屋の温度を調節できる。 用這個開關可以調節房間的溫度。

關鍵字	搭配詞	例句
ちょうてい 【調停】	調停に乗り出す (出面調停)	夫婦の関係改善に向けて調停に乗り出した。 朝向改善夫妻關係而出面調解。
	調停にかける (提交調停)	離婚したら、養育費決定を調停にかける。 若離婚則把贍養費的決定提交調停。
ちょうわ 【調和】	調和を保つ (保持平衡)	理想と現実の間で調和を保つ。 在理想與現實之間保持平衡。
	調和がとれる (取得平衡)	労働時間が長すぎて仕事と生活の調和がとれていない。 工作時間太長，無法取得工作與生活的平衡。
ちょきん 【貯金】	貯金を下ろす (提款)	郵便局から貯金を下ろした。 從郵局提款。
	郵便局に貯金する (存款到郵局)	母は私の年玉を郵便局に貯金してくれた。 媽媽將我的壓歲錢存進郵局。
ちりょう 【治療】	治療を受ける (接受治療)	国内より高度な治療を受けたいので、海外へ行く人が少なくない。 有不少人因為想接受比國内更高度的治療而到海外去。
	治療を施す (進行治療)	治療を施して症状は落ち着いてきたようです。 進行治療後症狀似乎穩定下來了。

關鍵字	搭配詞	例句
ちる 【散る】	花が散る (花枯萎)	先日の雨でだいぶ花は散ってしまった。 因為前幾天的雨，花幾乎都枯萎了。
	気が散る (分心)	テレビがうるさくて気が散る。 電視很吵，會分心。
ちんもく 【沈黙】	沈黙を守る (保持沉默)	先生は毎日授業を始めるに当り一分間沈黙を守ることを決めた。 老師決定每天開始上課前要保持一分鐘的沉默。
	沈黙を破る (打破沉默)	彼女は8か月の沈黙を破って心境を告白した。 她打破8個月的沉默表白心境。
ついやす 【費やす】	お金を費やす (花費金錢)	くだらないテレビゲームにお金を費やした。 花費金錢在無聊的電視遊戲上。
	時間を費やす (浪費時間)	最近の若者はフェイスブックに多くの時間を費やしている。 最近的年輕人花費許多時間在臉書上。
つうか 【通過】	車が通過する (車子經過)	車が通過するたびに家がゆれる。 每次車子一經過屋子就會搖晃。
	試験を通過する (通過考試)	大学入学試験を無事通過した。 順利通過大學入學考試。

た

116

關鍵字	搭配詞	例句
つうじる【通じる】	中国語に通じる (精通中文)	彼は日本に生まれたが、父は台湾人なので、中国語に通じている。 他雖然出生日本，但因爲父親是台灣人所以精通中文。
	話を通じる (了解談話)	訪問する前にあらかじめ話を通じておいた。 訪問前會事先了解談話內容。
つうろ【通路】	通路をふさぐ (阻擋通路)	一時利用の自転車が通路をふさいでいる。 暫停的腳踏車阻擋通路。
	通路を開ける (打開通路)	始動時にレバー引くことでその通路を開ける。 啟動時只要拉把手就可以打開那個通路。
つかい【使い】	使いを出す (派人去)	使いを出して医者を呼ぶ。 他派人去叫醫生。
	金使いが荒い (揮霍無度)	彼が若い頃から金使いが荒く、借金をたくさん作っている。 他從年輕時候就揮霍無度，欠了很多錢。
つかう【使う】	お金を使う (花錢)	ここでお金を使うだけ無駄です。 你只是在這裡花錢也是沒用的。
	頭を使う (用腦)	頭を使う仕事は体を使う仕事の5倍疲れると言われる。 聽說用腦的工作比勞力的工作累上五倍。

た

關鍵字	搭配詞	例句
つかまえる 【捕まえる】	チャンスを捕まえる (抓住機會)	良い機会なので、このチャンスを捕まえるべき。 是個好時機，應該要抓住這個機會。
	犯人を捕まえる (抓住犯人)	バイト先で先輩が万引き犯を捕まえた。 在打工處前輩抓到偷竊犯。
つかれ 【疲れ】	疲れが出る (感到疲倦)	朝から活動をしていると夕方には疲れが出てきます。 從早開始活動傍晚會感到疲倦。
	疲れがたまる (累積疲勞)	疲れがたまると、肩こりや頭が重い、食欲不振などが現れる。 疲勞一累積，就會出現肩膀僵硬頭腦沉重食慾不振等。
つきあい 【付き合い】	付き合いが広い (交友廣泛)	付き合いが広くなったり、見栄を張ったりするために出費が増える。 交友變廣或講究排場支出就會增加。
	付き合いが下手だ (不擅長交際)	私は、昔から友人付き合いが下手で友達も少ない。 我從以前就不擅長跟朋友交際朋友也很少。
つきる 【尽きる】	話が尽きない (話説不完)	旧友との話は尽きそうにない。 與老朋友的聊天説都説不完。

關鍵字	搭配詞	例句
	名残りが尽きない (依依不捨)	いつまで話しても名残りは尽きない。 無論説多久還是感到依依不捨。
つく 【付く】	力が付く (有力量)	困難に勝つ力が付く。 有了戰勝困難的力量。
	色が付く (帶顔色)	濃い色のものと一緒に洗っていると洗濯物に色が付く。 與深色衣服一起洗，衣服會染色。
つくす 【尽くす】	手段を尽くす (用盡方法)	風呂の鏡の水垢があらゆる手段を尽くしてもどうしても取れない。 用盡各種方法也還是去不掉浴室鏡子上的水垢。
	全力を尽くす (用盡全力)	優勝めざして全力を尽くしてください。 請以優勝爲目標竭盡全力。
つくる 【作る】	子供を作る (生小孩)	収入が低く、子供を作るのに躊躇しています。 收入低，因此猶豫是否要生小孩。
	日本酒を作る (釀日本酒)	日本酒がお米から作るお酒です。 日本酒是一款用米所釀造的酒。
	ご飯を作る (做飯)	休日だけにご飯を作るようにしている。 我只有假日才做飯。

關鍵字	搭配詞	例句
つける 【付ける】	ボタンを付ける (縫鈕扣)	ボタンを上手に付けるコツを教えてもらった。 別人教我順利縫上鈕扣的訣竅。
	日記を付ける (寫日記)	英語で日記を付けようとしている。 我打算用英文寫日記。
	薬を付ける (擦藥)	この薬を付けると疼痛が和ぎます。 擦上這個藥可以舒緩疼痛。
つたえる 【伝える】	技術を伝える (傳授技術)	学生に自分で培ってきた経験と技術を伝えていきたい。 想對學生傳授自行培育而來的經驗與技術。
	伝言を伝える (傳達留言)	彼は席にいないので、伝言を伝えてほしい。 因為他不在位置上所以請幫我傳話。
つづける 【続ける】	仕事を続ける (持續工作)	私に構わず仕事を続けてください。 請不要管我繼續工作。
	会議を続ける (繼續開會)	休憩をはさんで彼らはまた会議を続けた。 夾雜著休息他們又繼續開會。
つつむ 【包む】	身を包む (包住身體)	彼は大きなマントに身を包んでいた。 他將身體包進大大的斗篷裡。

た

關鍵字	搭配詞	例句
	濃い霧に包まれる (被濃霧包圍)	山頂は濃い霧に包まれた。 山頂被濃霧包圍住。
つごう 【都合】	都合が良い (方便)	このようなやり方は私にとって都合が良いかもしれない。 對我來説這種做法或許比較方便。
	都合をつける (抽空)	都合をつけて出席する。 我會抽空出席。
つつみ 【包み】	包みをほどく (打開包裏)	包みをほどきながら、贈ってくれた人の顔を思い浮かべる。 一邊打開包裏，腦海中浮現出送禮的人的臉。
	包みを作る (打包)	和紙を折って贈り物の包みを作る。 摺和紙來包禮物。
つとめ 【勤め】	勤めを果たす (完成工作)	秘書としての勤めを果たす。 完成身爲秘書的工作。
	勤めを辞める (辭職)	勤めを辞めたい理由を教えてください。 請告訴我想要辭職的理由。
つなぐ 【繋ぐ】	手を繋ぐ (牽手)	あの夫婦はよく手を繋いで歩いている。 那對夫妻時常牽手散步。
	内線に繋ぐ (接內線)	内線の34番に繋いでいただいてもよろしいでしょうか。 可否幫我轉接內線34號？

關鍵字	搭配詞	例句
つぶす 【潰す】	時間を潰す (打發時間)	インターネットで時間を潰す人が多い。 很多人利用上網打發時間。
	計画を潰す (破壞計畫)	私はこの計画を潰すつもりがなかった。 我不想破壞這個計畫。
つまらない 【詰まらない】	詰まらない物 (不值錢的東西)	詰まらない物ですが、どうぞ。 雖是不值錢的東西請笑納。
	講演が詰まらない (演講無聊)	講演が詰まらなくて途中で退席した。 演講無聊我中途就退席了。
つまる 【詰まる】	鼻が詰まる (鼻塞)	昨夜、鼻が詰まって眠れなかった。 昨晚鼻塞睡不著。
	予定が詰まる (計畫很滿)	今週は予定が詰まっている。 這星期計畫好滿。
つめ 【爪】	爪が伸びる (長指甲)	爪の伸びる速さは、さまざまな要因によって影響されます。 長指甲的速度受到各種因素影響。
	爪を切る (剪指甲)	爪切りで爪を切る。 用指甲刀剪指甲。
つめたい 【冷たい】	手足が冷たい (手腳冰冷)	季節を問わず、手足が冷たくなかなか温まらない。 我無論什麼季節手腳都很冰冷一直都暖不起來。

關鍵字	搭配詞	例句
	冷たい目 (白眼)	高校時代は冷たい目で見られていた。 高中時我受到許多白眼。
つめる 【詰める】	息を詰める (屏息)	息を詰めて事件の成り行きを見守った。 我屏息注視著事件的發展。
	人件費を詰める (縮減人事費)	人件費を半分に詰めても会社はまだ赤字だ。 即使將人事費縮減成一半,公司還是赤字。
つや 【艶】	艶を出す (臉色好)	規則正しい生活を送ることによって艶を出します。 過著正常的生活臉色就會好看。
	艶を消す (消光)	艶がありすぎるので艶を消したい。 太有光澤所以想消光。
つよい 【強い】	酒が強い (酒量好)	どれくらいお酒が飲めると強いと言えるのでしょうか。 要能喝多少酒才算酒量好呢。
	芯が強い (有韌性)	私は芯が強い女性になりたい。 我想成為有韌性的女性。
つらい 【辛い】	仕事が辛い (工作辛苦)	仕事が辛くて涙が止まらない。 工作辛苦淚水流不停。

た

關鍵字	搭配詞	例句
	辛い思いをする (痛苦的回憶)	辛い思いをするからこそ、相手の痛みがよくわかる。 正因爲有痛苦的回憶，才可以深刻了解到對方的痛。
つり 【釣り】	釣りを出す (找零錢)	自販機のお釣りを出すレバーを確認してください。 請確認自動販賣機找零錢的搖桿。
	釣りに行く (去釣魚)	私は一人で釣りに行くのが好き。 我喜歡一個人去釣魚。
て 【手】	手を延ばす (延伸)	彼は食堂の経営にまで手を延ばした。 他的觸角延伸到餐廳的經營。
	手が揃う (人手足夠)	役所は手が揃っている。 政府機關人手充足。
	手が空く (有空閒)	彼の手が空くまで待つことにした。 我決定等他直到他有空爲止。
てあし 【手足】	手足がきかない (手腳不靈活)	年を取ってから、手足がきかなくなった。 上了年紀後手腳就變得不靈活了。
	手足になる (成爲左右手)	社長の手足になって全社的なプランを考える。 成爲社長的左右手思考全公司的計畫。

關鍵字	搭配詞	例句
てあて 【手当て】	手当てを払う (支付津貼)	会社は毎月五万円の手当てを払ってくれている。 公司每個月支付五萬日元的津貼。
	手当てを施す (進行治療)	医務室で彼に応急手当てを施した。 在醫務室對他進行緊急治療。
ていこう 【抵抗】	抵抗を感じる (反感)	彼女はお見合いに抵抗を感じている。 她對相親感到反感。
	運命に抵抗する (抵抗命運)	運命に抵抗しても無駄だ。 抵抗命運也沒用。
ていさい 【体裁】	体裁を飾る (裝飾門面)	あの人は体裁を飾るのがすきだ。 那個人喜歡修飾門面。
	体裁がよい (樣式好看)	料理を体裁よく盛りつける。 將料理擺得很好看。
ていたい 【停滞】	製品が停滞する (產品滯銷)	製品が停滞するので、商人達は困っている。 因為產品滯銷,商人們正傷腦筋。
	仕事が停滞する (工作停滯)	上司が不在になると、全体の仕事は停滞してしまう。 上司一不在,整體的工作就會停擺。
ていねい 【丁寧】	丁寧な言葉 (客氣的用語)	彼はいつも丁寧な言葉を使う。 他講話總是很有禮貌。

た

125

關鍵字	搭配詞	例句
	丁寧に説明する (仔細說明)	先輩は仕事について丁寧に説明 してくれた。 關於工作前輩很仔細的說明了。
でいり 【出入り】	出入りが激しい (出入頻繁)	政治家の家は人の出入りが激しい。 政客家裡門庭若市。
	出入りが多い (金錢出入多)	今月はお金の出入りが多い。 這個月的收入跟支出都很多。
てかげん 【手加減】	手加減を加える (斟酌)	試験の採点に手加減を加えることは不公平です。 在考試計分上斟酌是不公平的。
	手加減が分かる (拿捏分寸)	あの仕事は初めてなので、 手加減が分からない。 因為是第一做那份工作，所以還 不懂得分寸。
てがみ 【手紙】	手紙を出す (寄信)	お客様に手紙を出したが返事が まだ来ない。 寄信給客戶卻還沒得到回音。
	手紙を受け取る (收信)	手紙を受け取ることは一番楽し いことです。 收到信是最快樂的一件事。
てきぎ 【適宜】	適宜な措置 (適當的措施)	病気の予防に適宜な措置をとり、健康のよい習慣をつける。 對於預防疾病要採取適當的措 施。

た

關鍵字	搭配詞	例句
	適宜な警告を与える (給予適當的警告)	班長は適宜な警告を与えた。 班長給予適當的警告。
てきとう 【適当】	適当な遊び場 (適合的遊戲場所)	子供達に適当な遊び場を提供してほしい。 想提供給孩子們一個適當的遊戲場所。
	適当に答える (隨便回話)	題名通り質問に適当に答えてください。 如同標題所述請隨意回答問題。
できる 【出来る】	宿題が出来る (寫好功課)	私はあなたの助けのおかげで宿題を完璧に出来た。 多虧你的幫忙我才能完美的寫好功課。
	子供が出来る (懷孕)	彼女は子供が出来てしまって、産むか産まぬか悩んでいます。 她不小心懷孕了，正在煩惱是否要生下來。
てすう 【手数】	手数をかける (造成麻煩)	お手数をおかけしますが、使い方をもう一度教えてください。 雖然造成您的麻煩，但請再教我一次使用方法。
	手数を省く (省事)	手数を省くために、彼は居留守をする。 爲了省事，由他顧家。

た

關鍵字	搭配詞	例句
てつだう 【手伝う】	掃除を手伝う (幫忙打掃)	夫は仕事が忙しいが、掃除を手伝ってくれる。 老公工作雖忙卻會幫我打掃。
	幸運が手伝う (運氣幫忙)	彼の成功には幸運も手伝っている。 他的成功好運也有幫上忙。
てはい 【手配】	手配を頼む (委託安排)	旅行会社に手配を頼む。 委託旅行社安排。
	手配を済ませる (完成安排)	出発前に交通手段の手配を済ませたいのです。 想再出發前完成交通方式的安排。
てびき 【手引き】	手引きをする (做眼線)	この事件は内部から手引きをしたものがいるに違いない。 這個事件一定是內部有人當眼線。
	視覚障害者を手引きする (引導視障者)	視覚障害者を手引きして道を渡る。 引導視障者過馬路。
てま 【手間】	手間がかかる (花時間)	最近、手間のかかる料理にはまっている。 最近迷上花時間的料理。
	手間が省ける (省時間)	パソコンのおかげで論文を読む手間が省けた。 託電腦的福，我省了看論文的時間。

た

關鍵字	搭配詞	例句
てもと 【手元】	手元にない (手邊沒有)	この本は人に貸して今手元にない。 這本書借人了，現在手邊沒有。
	手元に置く (放在身邊)	彼はいつも薬を手元に置いている。 他總是將藥放在身邊。
でる 【出る】	お腹が出る (有肚子)	お腹が出てきたら、男性だってダイエットが必要だ。 有肚子後，連男生也需要減肥。
	顔に出る (顯現在臉上)	私は感情がすぐ顔に出るタイプです。 我是感情會立刻顯現在臉上的人。
	会社を出る (離開公司)	妻は、私に早目に会社を出てほしい。 妻子希望我早點離開公司。
てんき 【天気】	天気が変わる (天氣變化)	山の天気は変わりやすいものとよく言われています。 大家常說山上的天氣容易變化。
	天気が持ち直す (天氣好轉)	明日以降天気は持ち直すそうです。 聽說明天以後天氣會好轉。
でんき 【電気】	電気を起こす (發電)	水の力で電気を起こした。 利用水力發電。
	電気を消す (關燈)	部屋を出るとき、電気を消すのを忘れないで。 離開房間時，不要忘記關燈。

た

關鍵字	搭配詞	例句
てんじょう 【天井】	天井が低い (天花板低)	低い天井の部屋にいると圧迫感を感じる。 待在天花板低的房間裡會感到一股壓迫感。
	天井を付く (到了頂點)	この株の値段は天井を付いたらしい。 這張股票的價錢好像到了頂點了。
てんすう 【点数】	点数を付ける (打分數)	これは点数を付ける事が難しい作品です。 這是一張很難打分數的作品。
	点数を取る (取得分數)	テストでは良い点数を取りたい。 我想在考試取得好分數。
てんち 【天地】	天地の差 (天壤之別)	自画像イラストと同一人物と思えない。天地の差がある。 無法將自畫像插圖想成同一人，有天壤之別。
	天地が逆になる (上下顛倒)	パソコンから両面印刷をすると、天地が逆になってしまいます。 從電腦雙面印刷，會上下顛倒。
でんわ 【電話】	電話を引く (牽電話)	今度一人暮らしを始めるにあたって、新しく電話を引きたい。 這次開始一個人生活時，想要牽一個新電話。

關鍵字	搭配詞	例句
	電話に出る (接電話)	忙しくて余裕がないときは電話に出られない。 忙到沒時間的時候無法接電話。
	電話を掛ける (打電話)	電話を掛けるためにポケットに手を入れて硬貨を捜した。 爲了打電話，我將手伸進口袋裡尋找硬幣。
とおあわせる 【問い合わせる】	値段を問い合わせる (詢價)	製品の値段を製造元に問い合わせる。 向製造商詢問產品的價錢。
	本人に問い合わせる (詢問本人)	詳しいことは本人に問い合わせてください。 詳情請詢問本人。
どうい 【同意】	同意を得る (得到同意)	彼は両親の同意を得て彼女と結婚した。 他得到父母親的同意與她結婚。
	同意を取り付ける (爭取同意)	学長の同意を取り付けて修業旅行を行う。 爭取校長的同意舉行畢業旅行。
どうじょう 【同情】	同情を示す (表示同情)	良い医者は患者に同情を示す。 好的醫生會同情病患。
	同情を引く (引起同情)	周囲の関心や同情を引くために病気を装った。 他爲了吸引旁人的關心與同情而裝病。

關鍵字	搭配詞	例句
とうじょう 【登場】	主役が登場する (主角登場)	最後の最後に主役が登場して敵を倒す。 最後的最後主角會登場打倒敵人。
	新製品が登場する (新産品上市)	話題の新製品が続々登場する。 話題的新産品陸續上市。
とおい 【遠い】	遠い昔 (年代久遠)	遠い昔のことで正確な年は分からない。 因爲是很久以前的事情我不知道正確的年份了。
	理想から遠い (距理想遠)	現状は理想から遠いけど簡単にあきらめたくない。 雖然現狀距離理想還很遠但我不想輕易放棄。
とおり 【通り】	自動車の通り (汽車往來)	この辺は自動車の通りが激しくて危ないです。 這一帶汽車往來頻繁，很危險。
	通りが良い (暢通)	下水の通りが良い。 下水道暢通。
とおる 【通る】	風が通る (通風)	この部屋は風が通るから涼しい。 這間房間很通風所以很涼爽。
	筋が通る (合理)	総理の発言は筋が通っている。 總理的發言合情合理。

關鍵字	搭配詞	例句
とき 【時】	時が経つ (時間流逝)	すっかり時が経つのを忘れて、終電を逃した。 完全忘記時間的流逝，錯過最後一班電車。
	時が来る (時候到了)	いよいよ真相を語る時が来た。 終於到了説出真相的時候。
とくい 【得意】	得意を失う (失去客户)	大口得意を失ったら、クビになっても文句言えませんよ。 失去大客户的話，就算你被炒魷魚也不能抱怨。
	得意になる (變厲害)	私は前より英語が得意になっています。 我的英文變得比之前好。
とくちょう 【特徴】	特徴を捉える (捕捉特徵)	彼は特徴を捉えた似顔絵が人気です。 他捕捉特徵的肖像畫很有人氣。
	特徴をつける (給予特徵)	他の商品にはないような特徴をつけることでこの商品の特色を出す。 賦與其他商品所沒有的特徵來顯示出這個商品的特色。
とげ 【棘】	棘を抜く (拔刺)	心の棘を抜くには真実を語ることです。 要拔掉心中的刺需要説實話。
	棘を含む (帶刺)	彼の言葉には棘を含んでいる。 他的話裡帶刺。

た

133

關鍵字	搭配詞	例句
とける 【溶ける】	砂糖が溶ける (砂糖溶解)	紅茶に入れた砂糖は溶けないで残っている。 加到紅茶裡的砂糖沒有溶解仍殘留著。
	雪が溶ける (雪融化)	もう五月なのに北海道の雪はまだ溶けていない。 明明已經五月了，北海道的雪卻還沒融化。
とける 【解ける】	紐が解ける (繩子解開)	小包の紐が解けそうで解けない。 包裹上的繩子看起來鬆卻解不開。
	謎が解ける (解開謎題)	彼のおかげでやっとその謎が解けた。 託他的福，終於解開謎題了。
とこ 【床】	床につく (睡覺)	仕事を終えてから、私は床についた。 工作結束後便就寢。
	床に敷く (鋪在地板上)	床に布団を敷いて寝る。 在地板上鋪上棉被睡覺。
とし 【年】	年を迎える (過年)	新しい年を迎える準備をしている。 準備迎接新年。
	年を取る (上年紀)	年を取るにつれて時間は短く感じるようになる。 隨著年齡的增長，感覺時間變短了。

關鍵字	搭配詞	例句
とじる 【閉じる】	目を閉じる (閉上眼睛)	彼はよく目を閉じて音楽を聴いている。 他時常閉上眼睛聽音樂。
	本を閉じる (把書闔起來)	試験が始まる前に、本を閉じてください。 開始考試前請把書闔上。
どだい 【土台】	土台を作る (打基礎)	失敗は成功の土台をつくる。 失敗可以替成功打基礎。
	土台になる (成爲根基)	過去の自分が今僕の土台になる。 過去的自己成爲現在的我的根基。
とどく 【届く】	手紙が届く (收到信)	君から手紙が届くのが楽しみです。 收到你的信是一種樂趣。
	隅々まで届く (傳到每個角落)	隅々まで電波がよく届く。 電波確實傳送到每個角落。
とばす 【飛ばす】	難しい問題を飛ばす (跳過困難的問題)	難しい問題を飛ばし、優しい問題をやり始めた。 跳過困難的問題開始做簡單的問題。
	たこを飛ばす (放風箏)	子供がたこを作り、大きな広場でたこを飛ばす。 小朋友做風箏在大廣場上放風箏。

た

135

關鍵字	搭配詞	例句
とぶ【飛ぶ】	空を飛ぶ (在空中飛)	鳥のように空を自由に飛びたい。 想要如小鳥一樣自由的在空中飛翔。
	唾が飛ぶ (口沫横飛)	会話してテンション上がると唾が飛ぶ。 談話氣圍一上揚就會口沫横飛。
とめる【止める】	車を止める (停車)	勝手に車を止めて近所の人に迷惑をかける。 任意停車會對鄰居帶來困擾。
	痛みを止める (止痛)	薬を飲んで痛みを止めた。 吃藥止痛。
ともなう【伴う】	危険が伴う (帶有危險)	冬の登山には危険が伴う。 冬天爬山伴隨著危險。
	年齢に伴う (伴隨著年齡)	人の観念は年齢に伴って変化する。 人的觀念會隨著年齡變化。
とりあつかい【取り扱い】	取り扱いを受ける (接受待遇)	彼は不公平な取り扱いを受けている。 他受到不公平的待遇。
	取り扱いに注意する (小心使用)	個人情報の取り扱いに注意すべき。 應該小心個人資料的使用。
とる【取る】	手に取る (拿起來)	手に取ってよくごらんなさい。 請拿起來好好看。

關鍵字	搭配詞	例句
	栄養を取る (攝取營養)	バランスよく栄養を取る。 要均衡攝取營養。
	学位を取る (取得學位)	博士論文を完成して学位を取った。 完成博士論文取得學位。
とれる 【取れる】	ボタンが取れる (鈕扣掉了)	上着のボタンが取れた。 上衣的鈕扣掉了。
	時間が取れる (取得時間)	自分の時間を多く取れる仕事を探しています。 正在找可以有許多自己的時間的工作。
どろ 【泥】	泥を塗る (丟臉)	彼は親の顔に泥を塗った。 他讓父母親丟臉。
	泥をかぶる (被責罵)	泥をかぶる覚悟で仕事に向かう。 做好被責罵的覺悟後面對工作。

關鍵字	搭配詞	例句
ないい 【内意】	内意を漏らす (透露真心話)	彼は僕にその婦人について内意を漏らした。 他向我透露關於那位婦人的真心話。
	内意を受ける (接受密旨)	私は社長の内意を受けてアメリカへ行った。 我收到社長的私下授意前往美國。
ないしょ 【内緒】	内緒でタバコを吸う (偷偷抽菸)	息子は内緒でタバコを吸っていた。 兒子偷偷抽菸。
	内緒にする (保持秘密)	そのことについては、内緒にするようにと彼女に言った。 關於那件事我跟她講要保守秘密。
ないしん 【内心】	内心を打ち明ける (吐露内心話)	彼女は涙をぬぐいながら内心を打ち明けた。 她一邊流淚一邊吐露出内心話。
	内心が穏やかだ (内心平靜)	彼女は最初は落ち着いてそれを受け止めていたが、内心は穏やかではなかった。 她雖然最初冷靜地接受那件事情，但是内心並不平靜。
なおす 【直す】	化粧を直す (補妝)	人前で化粧を直しないほうがいい。 不要在他人面前補妝比較好。

關鍵字	搭配詞	例句
	機嫌を直す (恢復心情)	彼女の機嫌を直すためにいろいろと方法を考えてきました。 爲了恢復她的心情我想了各種方法。
なか 【仲】	仲が良い (感情好)	私たちは喧嘩するほど仲が良い。 我們是越吵感情越好。
	仲を直す (重修舊好)	仲を直すきっかけを待つのでなく、主体的に仲直りのきっかけを作ればいいのです。 不是等待重修舊好的機會，而是要主動做出和好的機會。
ながい 【長い】	尻が長い (久待)	京都では尻が長い訪問客には、箒を逆さにして立てておくらしい。 在京都對於久坐不走的客人，似乎會倒立掃帚。
	気が長い (漫長)	完成まで三〇年とは気が長い。 距離完工需要30年覺得好漫長。
	道のりが長い (道路漫長)	お寺までの道のりは長い。 到寺廟的道路很長。
ながす 【流す】	汗を流す (流汗)	汗を流して代謝をアップする。 流汗提升代謝。
	音楽を流す (放音樂)	音楽を流しながらしゃべる。 一邊播送音樂一邊聊天。

な

關鍵字	搭配詞	例句
なかま 【仲間】	仲間に入る (合夥)	彼は悪い仲間に入る前は育ちがよかったのだ。 他在加入壞朋友之前家教是很好的。
	仲間割れ (分裂)	野球チームは仲間割れを起こして解散。 棒球隊內部分裂而解散。
なかみ 【中身】	中身がない (空洞)	たいして中身がない内容ですが毎日の行動記録だと思って読んで下さい。 雖然不是什麼了不起的內容，請把它當做是每天的行動記錄來閱讀。
	中身をからにする (把裡面東西清空)	箱を逆さまにして、中身をからにする。 把箱子倒過來清空裡面的東西。
ながめる 【眺める】	夜空を眺める (眺望夜空)	夜空を眺めながら星の解説をしてくれた。 他一邊眺望夜空一邊解說星星。
	写真を眺める (看照片)	可愛くて陽気な動物の写真を眺めて楽しくなる。 看著可愛又活潑的動物的照片，心情快樂起來。
ながもち 【長持ち】	花が長持ちする (花持久)	気温が低いと花が長持ちするそうです。 聽說氣溫低花就會持久。

關鍵字	搭配詞	例句
	天気が長持ちする (天氣轉晴)	この天気はどうやら長持ちしそうだ。 看起來這天氣終於要轉晴了。
ながれる 【流れる】	計画が流れる (計劃停擺)	二日酔いで体調悪くなって、旅行の計画が流れた。 因為宿醉身體狀況變差，旅行的計劃泡湯了。
	時間が流れる (時間流逝)	年齢とともに時間の流れが速く感じるようになる。 隨著年齡的增長會覺得時間過得好快。
なぐさめる 【慰める】	心を慰める (心情寬慰)	音楽で人の心を慰める。 用音樂撫慰人的心靈。
	友達を慰める 安慰朋友	優しい言葉で失恋した友達を慰めてあげてください。 請用溫柔的言語來安慰失戀的朋友。
なくす 【無くす】	財布を無くす (弄丟錢包)	先日財布を無くしてしまい警察に紛失届けを出しました。 前幾天不小心弄丟錢包向警察通報遺失。
	自信を無くす (失去信心)	今の仕事に自信を無くしています。 我對於現在的工作失去信心。
なげだす 【投げ出す】	命を投げ出す (豁出性命)	いざという時は国のために命を投げ出す。 緊急情況時要為國捐軀。

な

141

關鍵字	搭配詞	例句
	荷物を投げ出す (丟棄行李)	新しいスタートを切りたいなら、古い荷物を投げ出してあなたの旅を始めたほうがいい。 如果想要重新開始，最好是丟棄老舊的行李展開你自己的旅程。
なげる 【投げる】	話題を投げる (提供話題)	彼女は映画史にいろいろの話題を投げた。 她為電影史提供各種話題。
	身を投げる (自殺)	彼女は絶望して川に身を投げた。 她感到絕望而投河自盡。
なごり 【名残】	名残を惜しむ (依依不捨)	若者たちは風もないのに日が落ちるまで名残を惜しんでサーフィンを楽しんでいる。 明明沒有風了，年輕人仍依依不捨地衝浪直到太陽西下。
	名残をとどめる (留下痕跡)	あちこちに冬の名残をとどめている。 到處都殘留著冬天的痕跡。
なさけ 【情け】	情けを知る (懂人情)	痛みを経て人の情けを知る。 經過痛才知道人情冷暖。
	情けを示す (表示同情)	人々は被災者に情けを示した。 人們對受災戶表示同情。

な

關鍵字	搭配詞	例句
なじむ 【馴染む】	悪習に馴染む （染上惡習）	息子はいろいろな悪習に馴染んでいないから、決してほかの子供と争ったり、けんかしたりすることがなかった。 由於兒子沒有染上各種惡習，所以絕對不會跟其他小孩子爭吵或打架。
	雰囲気に馴染めない （不融入氣氛）	転校したばかりなので、学校の雰囲気に馴染めない。 因為剛轉校，所以不融入學校的氣氛。
なぞ 【謎】	謎を解く （解謎）	宇宙の謎を解く。 解開宇宙之謎。
	謎を出す （提出謎語）	物理の先生はいろいろな謎を出した。 物理老師提出一堆謎語。
なっとく 【納得】	納得がいかない （想不通）	選挙の結果に納得がいかない。 對於選舉的結果還是想不通。
	相手を納得させる （使對方信服）	理詰めや強引さだけでは相手を心から納得させることは難しい。 光講道理與強迫是很難令對方打從內心信服的。
なま 【生】	生の声 （眞實的聲音）	できる限り手を加えずに生の声をお届けしたいと考えています。 想盡可能不加油添醋傳遞眞實的聲音。

關鍵字	搭配詞	例句
	腕が生だ (技術不純熟)	あの大工は腕が生だ。 那個木匠技術還不純熟。
なまいき 【生意気】	生意気なことを言う (口出狂言)	私は親に向かって、生意気なこと言って怒鳴られて大喧嘩した。 我對父母親口出狂言被罵了一頓而吵了一架。
	生意気な態度 (傲慢的態度)	私は彼の生意気な態度を我慢できない。 我無法忍受他那傲慢的態度。
なみ 【波】	波に飲まれる (被海浪吞沒)	釣り人たちは波に飲まれた。 釣魚人被海浪給吞沒了。
	波がある (時好時壞)	成績に波があるのは普通だ。 成績時好時壞是正常的。
なみ 【並】	並の人 (普通人)	天才は小さい頃からどこか並の人と違っている。 天才從小時候起某一部分就跟普通人不同。
	並み以上の才能 (超水準的才能)	彼女達は並み以上の才能を発揮し、勝利への道を繰り開いた。 她們發揮出超水準才能,打開通往勝利之路。
なみだ 【涙】	涙を拭く (擦眼淚)	祖母が私の涙を拭いてくれました。 奶奶幫我擦眼淚。

な

關鍵字	搭配詞	例句
	涙を催す (催淚)	この歌を聞くと涙を催す。 聽到這首歌便會掉眼淚。
なめる 【嘗める】	相手を嘗める (瞧不起對方)	相手を嘗めると、偉い目に合う。 瞧不起對方可是會嘗到苦頭。
	キャンデーを嘗める (舔棒棒糖)	子供が棒つきキャンデーを嘗めている。 小朋友在舔棒棒糖。
ならべる 【並べる】	肩を並べる (肩並肩)	私と林さんは授業が終わるといつも肩を並べて歩いて帰った。 我跟林同學下課後總是肩並肩地走路回家。
	証拠を並べる (舉出證據)	欠点の証拠を並べて、それを直視させようとする。 舉出缺點的證據並正視它。
ならう 【習う】	ピアノを習う (學鋼琴)	子供の頃、ピアノを習っていた。 我小時候學過鋼琴。
	仕事を習う (學習工作)	営業部の先輩に営業の仕事を習っている。 向營業部的前輩學習業務的工作。
なり 【鳴り】	鳴りが悪い (聲音壞了)	学校のベルは鳴りが悪い。 學校的鈴聲壞掉了。
	鳴りを静める (屏息)	皆さんは鳴りを静めて、彼の発言を待った。 大家屏息等待他的發言。

な

關鍵字	搭配詞	例句
なれる 【慣れる】	新しい仕事に慣れる (習慣新工作)	彼女はすぐに新しい仕事に慣れた。 她馬上就習慣新工作。
	足に慣れる (合腳)	靴が足に慣れるまでにどれくらいかかりますか。 鞋子合腳要花多久時間呢。
なんぎ 【難儀】	難儀に付け込む (趁人之危)	人の難儀に付け込むのはよくない。 趁人之危是不好的。
	難儀をかける (添麻煩)	参加の皆様にご難儀をかけました。 給前來參加的各位添麻煩了。
にあう 【似合う】	ドレスに似合う (適合洋裝)	この帽子はドレスによく似合っていた。 這頂帽子很適合洋裝。
	学生に似合う (像個學生的)	君は学生に似合わないことを言う。 你說出不像個學生的話。
におい 【匂い】	匂いをかぐ (聞味道)	彼はスープの匂いをかいでいる。 他在聞湯的味道。
	匂いが抜ける (去除味道)	新築の臭い匂いが抜けるのに時間がかかる。 去除新家的味道是需要時間的。
にがい 【苦い】	苦い顔をする (哭喪著臉)	のどの痛みに耐えられず仕事中ずっと苦い顔している。 難以忍受喉嚨痛工作中一直哭喪著臉。

な

關鍵字	搭配詞	例句
	薬 が苦い (藥苦)	子供は苦い薬を嫌がっている。 小朋友都討厭苦藥。
にがて 【苦手】	英語が苦手だ (不擅長英語)	高校のときは英語が苦手でしたが、今はぺらぺらです。 高中時很不擅長英語，現在卻說得很流利。
	苦手なチーム (不好對付的對伍)	一番苦手なチームと対戦するようになった。 決定與最難應付的對伍比賽。
にぎやか 【賑やか】	賑やかな通り (熱鬧的街道)	あのホテルは賑やかな通りに面して便利だ。 那間飯店面對熱鬧的街道很方便。
	賑やかな学生達 (聒噪的學生們)	学生食堂で賑やかな学生達の声を聞きながら昼食を取る。 我總是在學生餐廳裡一邊聽聒噪學生們的聲音一邊吃午餐
にぎる 【握る】	実権を握る (握有權利)	あの政治家は引退しても実権を握っている。 那位政治家即使引退仍握有實權。
	弱みを握る (抓住弱點)	誰かと戦う時は、相手の弱みを握っておくことが大事です。 與某人抗戰時，事先抓住對方的弱點是很重要的。
にげる 【逃げる】	中国に逃げる (逃到中國)	詐欺犯は中国に逃げたらしい。 聽說詐欺犯逃到中國去了。

な

關鍵字	搭配詞	例句
	嫌な事から逃げる (逃離討厭的事)	彼は今まで努力をせず、楽な方ばかりを選んで、嫌なことから逃げてきた。 他到目前為止從未努力一昧選擇輕鬆的方式逃離討厭的事情。
になう 【担う】	責任を担う (擔當責任)	企業が社会的責任を担うべき。 企業應該擔當社會責任。
	役割を担う (扮演角色)	プロジェクトを主導する役割を担うことになった。 變成我來扮演主導計畫的人。
にぶい 【鈍い】	神経が鈍い (神經遲鈍)	私は運動神経が鈍くて悩んでいます。 我的運動神經很差很煩惱。
	働きが鈍い (運轉遲鈍)	くたびれて頭の働きが鈍くなった。 太過疲累頭腦的運轉變遲鈍了。
にもつ 【荷物】	荷物を預ける (寄放行李)	ホテルのチェックイン前に荷物を預けることができます。 飯店CHECK-IN前可以寄放行李。
	荷物になる (變成累贅)	スーツケースが壊れて、ただの荷物になってしまう。 行李箱壞掉了，變成累贅。
にらむ 【睨む】	私を睨む (瞪我)	彼は怒った目で私を睨んだ。 他用生氣的眼神瞪了我一眼。

な

關鍵字	搭配詞	例句
	上司に睨まれる (被主管盯上)	上司に睨まれたらおしまいだ。 被主管盯上就完了。
にる 【似る】	母に似る (跟媽媽很像)	娘は母親によく似ている。 女兒長得很像媽媽。
	似た話を聞く (聽類似的話)	私も似た話を聞いたことがある。 我也有聽過類似的話。
にんき 【人気】	人気を失う (失去人氣)	その政治家は賄賂で人気を失った。 那位政治家因爲賄賂失去人氣。
	人気がある (具有人氣)	パイナップルケーキはお土産の中で最も人気のある物です 鳳梨酥是伴手禮中最具人氣的東西。
にんじょう 【人情】	人情に厚い (有情有義)	田舎は本当に人情に厚いと思います。 鄉下眞的是有情有義。
	人情に通じる (通情達理)	彼は人情に通じて物分りが良い人だ。 他是位通情達理明事理的人。
ぬう 【縫う】	洋服を縫う (縫衣服)	彼女はミシンで洋服を縫っている。 她用裁縫機縫衣服。
	車の間を縫って走る (穿梭在車陣之間)	車の間を縫って走る行爲は大変に危険です。 穿梭在車陣之間的行爲是非常危險的。

な

關鍵字	搭配詞	例句
ぬく 【抜く】	力を抜く (使盡力氣)	人生に行き詰まったら、力を抜いて生きてみよう。 人生出現瓶頸時，就要用盡力氣挺過去。
	手を抜く (偷工減料)	与えられた仕事は手を抜かずに真面目にやるべき。 被交待的工作要不假他人之手的認真做。
ぬぐ 【脱ぐ】	帽子を脱ぐ (脱帽子)	教室に入ったら、帽子を脱ぎなさい。 進教室之後請脱帽子。
	洋服を脱ぐ (脱衣服)	洋服を脱いで浴衣を着た。 她脱衣服穿上浴衣了。
ぬけだす 【抜け出す】	学校を抜け出す (溜出學校)	彼は授業をさぼって学校を抜け出した。 他翹課溜出學校。
	貧困から抜け出す (擺脱貧困)	働いても貧困から抜け出せない人が増えている。 即使工作也無法擺脱貧困的人增加了。
ぬすむ 【盗む】	ハンドバックを盗む (偷手提包)	少年は彼女のハンドバックを盗んで逃げた。 少年偷了她的手提包後逃跑了。
	目を盗む (背著人)	先生の目を盗んでクラスメートに手紙を回した。 他背著老師傳紙條給同學。

な

關鍵字	搭配詞	例句
ぬらす 【濡らす】	髪を濡らす (把頭髮用濕)	美容師さんに髪を濡らしたまま寝ないようにと言われました。 美髮師説不要在頭髮濕的狀況下睡覺。
	服を濡らす (把衣服弄濕)	子供はおしっこでベッドと服を濡らした。 小孩小便把床跟衣服弄濕了。
ぬり 【塗り】	塗りがはげる (漆脫落)	この机は50年近く愛用されてきたもので、塗りはほとんどはげています。 這張桌子已經用了近50年，漆幾乎都脫落了。
	塗りが悪い (漆得不好)	この盆は塗りが悪い。 這個托盤的漆塗得很好。
ぬる 【塗る】	ペンキを塗る (塗油漆)	ところどころペンキがはげているので、もう一度ペンキを塗ろうと思っている。 每一處的油漆都脫落了，所以想要再塗一次油漆。
	薬を塗る (抹藥)	痒いところに薬を塗る。 在發癢的地方抹藥。
ぬれる 【濡れる】	雨に濡れる (被雨淋濕)	せっかく新しく書いた看板は、また雨に濡れられ、台無しです。 好不容易新寫好的招牌被雨淋濕、泡湯了。

な

關鍵字	搭配詞	例句
	涙に濡れる (充満涙水)	おとうさんは涙に濡れながらも娘の幸福を祈った。 爸爸充滿淚水的祝福女兒幸福。
ね 【根】	根から抜く (連根拔起)	雑草を根から抜く。 將雜草連根拔起。
	根が生える (生根)	あの男は根が生えるように動かなかった。 那個男生好似生根似的一動也不動。
ねうち 【値打ち】	値打ちがある (有價值)	この店のラーメンは待つ値打ちがある。 這間店的拉麵值得等待。
	値打ちがつく (值錢)	この絵は将来何十倍もの値打ちがつく可能性がある。 這幅畫的身價將來可能會漲10倍。
ねがい 【願い】	願いを聞く (聽求願望)	親友の願いを聞かないわけにはいかない。 我必須要聽好朋友的請求。
	願いをかなえる (實現願望)	流れ星に願い事をとなえると、その願いをかなえてくれる。 向流星許願，可以幫你實現願望。
ねかす 【寝かす】	子供を寝かす (哄小孩睡覺)	子供を寝かせるときには本当に苦労する。 哄小孩睡覺時真的很辛苦。

な

關鍵字	搭配詞	例句
	木を寝かす (把樹放倒)	道端に木が数本寝かせてあった。 路旁躺著幾棵樹木。
ねた	ねたを集める (收集題材)	このサイトは記事のねたを集めることができる。 這個網站可以蒐集到新聞的題材。
	ねたがあがる (露餡)	ねたはあがっており、白状したほうがよさそうだな。 已經漏餡了，從實招來看起來比較好。
ねだん 【値段】	値段が高い (高價)	あのレストランは不便でおいしくないが、値段が高い。 那間餐廳不方便又不好吃卻很貴。
	値段をつける (標價)	命に値段はつけられない。 生命是不能標價的。
ねつ 【熱】	熱が出る (發燒)	かぜで熱が出ると、体が疲れます。 因爲感冒發燒，而身體疲累。
	熱を入れる (加入熱情)	いい試合なので、思わず熱を入れて応援していました。 這是一場好比賽，忍不住熱情地加油。
ねっき 【熱気】	熱気がこもる (充滿熱氣)	会場には若者の熱気がこもる。 會場充滿年輕人的熱氣。

な

關鍵字	搭配詞	例句
	熱気があふれる （充滿熱情）	このイベントは魅力と熱気があふれる。 這個活動充滿魅力與熱情。
ねっしん 【熱心】	熱心に仕事をする （熱心工作）	彼はこのオフィスの中で一番熱心に仕事をする。 他在這間辦公室裡最熱心工作。
	熱心な人 （熱衷的人）	彼は野球に熱心な人です。 他是一位熱衷於棒球的人。
ねっちゅう 【熱中】	テレビゲームに熱中する （熱衷電視遊戲）	子供はテレビゲームに熱中しすぎで心配です。 小孩子過度熱衷電視遊戲而感到擔心。
	勉強に熱中する （熱衷唸書）	彼は勉強に熱中していて私の呼ぶ声が聞こえなかった。 他熱衷唸書而沒聽我的叫聲。
ねむり 【眠り】	眠りを誘う （催眠）	この店は眠りを誘う音楽が流れている。 這間店播放著催眠的音樂。
	眠りが浅い （睡得不熟）	眠りが浅い原因が分からず悩んでいるけど睡眠薬は使いたくない。 不知道淺眠的原因雖然感到困擾但不想使用安眠藥。
ねらい 【狙い】	狙いが外れる （擊不中）	矢の狙いが的から外れている。 箭沒有射中靶子。

な

154

關鍵字	搭配詞	例句
	狙いが分かる (了解用意)	私は上司の目指している狙いが分からない。 我不清楚上司所指的目標。
ねらう 【狙う】	優勝を狙う (瞄準優勝)	高いモチベーションを持って優勝を狙っていかないと絶対とれない。 若沒有高昂的動機瞄準優勝的話就絕對無法得到冠軍。
	銃で狙う (用槍瞄準)	この距離は普通この銃で狙う距離ではない。 這個距離不是普通用這個槍就可以瞄準的距離。
ねる 【寝る】	寝て暮す (遊手好閒)	彼は無職で毎日寝て暮している。 他沒有工作每天遊手好閒。
	タンスに寝る (堆在衣櫥裡)	タンスに寝ている洋服をフリーマーケットに出す。 將堆在衣櫥裡的衣服拿到跳蚤市場。
ねん 【念】	念を押す (提醒)	彼は妻に自分を午前7時に起こしてくれるように念を押した。 他提醒妻子在早上七點叫他起床。
	念を抱く (懷著某種心情)	彼の研究心には、尊敬の念を抱いている。 對於他的研究心我抱持著尊敬的心。

な

155

關鍵字	搭配詞	例句
ねんいり 【念入り】	念入りな準備 (詳細的準備)	念入りな準備をした計画でもしばしば失敗する。 就算是詳細準備的計劃有時也會失敗。
	念入りに調べる (仔細檢查)	その警察官は証拠を探すためにその部屋を念入りに調べた。 那位警察為了找證據仔細地檢查那間房間。
のうりょく 【能力】	能力を生かす (發揮能力)	高齢者の経験と能力を生かして働く。 發揮老人家的經驗與能力來工作。
	能力が備わる (具備能力)	彼にはリーダーとしての能力が備わっている。 他具備身為領導者的能力。
のこす 【残す】	小金を残す (存了一筆小錢)	老後のために小金を残した。 為了晚年存了一筆小錢。
	故郷に残す (留下痕跡)	彼は妻子を故郷に残して東京に出た。 他將妻子留在故鄉出發到東京。
のこる 【残る】	伝説が残る (留下傳說)	この地方には面白い伝説が残っている。 這個地方留傳著一則有趣的傳說。

な

關鍵字	搭配詞	例句
	記憶に残る (留在記憶裡)	それは私の記憶にはっきり残っている。 那件事清楚的留在我的記憶裡。
のせる 【乗せる】	電車に乗せる (坐上電車)	折りたたみ自転車を電車に乗せるのは大変です。 將折疊式腳踏車坐上電車是很辛苦的。
	一口乗せてくれる (算我一份)	私もその仕事に一口乗せてくれ。 那份工作也算我一份。
のせる 【載せる】	膝に載せる (坐在膝蓋上)	おじいさんは子供を膝に載せてあやしていた。 爺爺讓小孩子坐在膝蓋上哄他。
	新聞に載せる (刊登在報紙上)	今日の新聞には面白い記事を載せている。 今天的報紙上刊登了一則有趣的新聞。
のぞみ 【望み】	望みを抱く (抱持希望)	今では、熱心に望みを抱く人だけが、チームが勝つと思っていた。 現在只有熱情抱持希望的人覺得隊伍會贏。
	望みをかける (抱以期望)	息子にあまり望みをかけるな。 不要對兒子抱以期望。
のど 【喉】	喉を通る (下嚥)	試験に落ちて食事が喉を通らない。 考試失敗而食不下嚥。

な

關鍵字	搭配詞	例句
	喉が詰まる (喉嚨哽住)	昨日 おもちを食べた時、喉に詰まった。 昨天吃麻糬時哽住喉嚨。
のばす 【伸ばす】	手を伸ばす (伸手)	彼は手を伸ばして一番上の本を取った。 他伸手拿放在最上層的書。
	才能を伸ばす (發揮才能)	委員会の目的は子供の音楽の才能を伸ばすことにあります。 委員會的目的在於發揮小朋友的音樂才能。
のばす 【延ばす】	仕事を延ばす (拖延工作)	その仕事を明日まで延ばすな。 那件工作不要拖到明天。
	滞在を延ばす (延長滯留時間)	もう1日滞在を延ばしたいのですが、泊まれますか。 我想要多待一天，可以住宿嗎？
のびる 【伸びる】	セーターが伸びる (毛衣鬆垮)	このセーターは伸びてすっかり型崩れしている。 這件毛衣鬆垮已經走樣了。
	会議が伸びる (會議延後)	会議は来週まで延びた。 會議延後到下週。
のべる 【述べる】	感想を述べる (述說感想)	彼は選挙の結果に関する感想を述べた。 他述說關於選舉結果的感想。

な

關鍵字	搭配詞	例句
	事情を述べる (說明情況)	弁護士は事情を述べて猶予を求めた。 律師說明情況請求緩起訴。
のぼる 【上る】	日が上る (太陽升起)	人間だの体には、日が上って明るくなると目覚め、暗くなると眠るという体内時計が備わっています。 人類體內具有太陽升起變亮時就會醒來，變暗就會睡著的體內時鐘。
	階段を上る (爬樓梯)	危ないから、その階段を上ってはいけません。 很危險，不要爬那個樓梯。
のまれる 【飲まれる】	人波に飲まれる (被人群淹沒)	いつもあなたは人波に飲まれて歩く僕の後姿だけで見つけてくれる。 你總是看著被人群淹沒行走中的我的背影。
	気力に飲まれる (被迫力壓倒)	彼女は相手の気力に飲まれて何も言わなかった。 她被對方的魄力給壓倒什麼都說不出。
のみこむ 【飲み込む】	つばを飲み込む (吞口水)	人と話すときに緊張してからかゴクリとつばを飲み込んでしまいます。 與人講話時或許是因為緊張都會忍不住吞口水。

關鍵字	搭配詞	例句
	ビールを飲み込む (喝啤酒)	疲れたとき、ビールをぐっと飲み込むと、気持ちがよくなる。 累的時候，喝一口啤酒，心情會變好。
のむ 【飲む】	涙を飲む (含淚)	彼女は涙を飲んで彼と別れた。 她含淚與他分手。
	薬を飲む (吃藥)	この薬を飲む前にはお医者さんの意見を聞くべきだ。 在吃這個藥之前要詢問醫生的意見。
のり 【乗り】	乗りがいい (很起勁)	あの子は楽しいこととなると乗りがいい。 那個小朋友若是開心的事就會很起勁。
	乗りが薄い (擦得薄)	おしろいの乗りが薄い。 她的粉擦得很薄。
	相談に乗る (商量)	何か、悩みでもあるなら相談に乗ってください。 如果有煩惱請找我商量。
のる 【乗る】	口車に乗る (聽信花言巧語)	彼女は彼を口車に乗せて金を出させた。 那個女生因為聽信他的花言巧語而被騙許多錢。
	タクシーに乗る (搭計程車)	急に雨なので、タクシーに乗って家に帰る。 因為突然下雨所以搭計程車回家。

な

關鍵字	搭配詞	例句
のろい 【鈍い】	仕事が鈍い (工作緩慢)	あの連中は軽率で、仕事が鈍かったから、くびになった。 那群人因爲輕率工作又緩慢所以被革職了。
	頭の働きが鈍い (腦筋遲鈍)	頭の働きが鈍くなり常に自分本来の実力を発揮できない。 腦筋變遲鈍無法發揮自己應有的實力。
のんき 【呑気】	呑気な人 (無憂無慮的人)	呑気な人は長生きするそうです。 聽説無憂無慮的人比較長壽。
	物事を呑気に考える (把事情看得很簡單)	君はいつも物事を呑気に考えすぎる。 你總是把事情想得太簡單。
のんびり 【のんびり】	のんびりした生活 (悠閒自在的生活)	彼女はもっとのんびりした生活を望んだが、あの状況ではそれは不可能であった。 她期望更悠閒自在的生活，可是在那個狀況下是不可能的。
	のんびりと成長させる (無拘無束的成長)	子供をのんびり成長させてやりたい。 想要讓小孩無拘無束的成長。

な

は

關鍵字	搭配詞	例句
は 【歯】	歯を磨く (刷牙)	寝る前にちゃんと歯を磨いてください。 睡覺前請要好好刷牙。
	歯をほじくる (剔牙)	彼は楊枝を使って食後に歯をほじくった。 他飯後用牙籤剔牙。
はいけい 【背景】	背景を変える (改變背景)	デスクトップ背景を変えてみましょう。 試著改變電腦桌面的背景。
	背景がない (沒有背景)	彼は他のチームはひっかかってませんし、政党の背景もない。 他與其他團隊沒有關聯，也沒有政黨做靠山。
はいち 【配置】	席の配置 (位置的安排)	クラスの席の配置を変える。 更改班上座位的安排。
	人員の配置 (人員的安排)	人員の配置をよく考えてください。 請仔細思考人員的安排人員。
はいりょ 【配慮】	適切な配慮を受ける (受到妥善的照顧)	障害学生は、必要に応じて適切な配慮を受けることができます。 身心障礙學生可以按照需求接受妥善的照顧。

關鍵字	搭配詞	例句
	気持ちを配慮する (兼顧心情)	住民の気持ちを配慮して工事を計画する。 兼顧居民的心情來計劃工程。
はいる 【入る】	大学に入る (進大學)	その大学に入るために一所懸命に勉強している。 爲了進那間大學，我用功念書著。
	予定に入る (包含在計劃內)	この計画は今年の予定に入っていない。 此計劃不在今年的計劃內。
	頭に入る (記住)	良い文章は滑らかに頭に入る。 好的文章會馬上記住。
ばか 【馬鹿】	馬鹿にする (玩弄)	他人を馬鹿にしてはいけない。 不可以玩弄他人。
	馬鹿なこと (説廢話)	彼は、とても馬鹿なことした。 他做了一件蠢事。
はかる 【測る】	体温を測る (量體溫)	頭痛や寒気がして、熱があるかと思うとき、体温を測ってみてください。 頭痛與畏寒，覺得是否有發燒時，請量體溫看看。
	気持ちを測る (揣摩心情)	ちょっと話しただけで、彼女の気持ちを測ることができない。 只談了一下，還揣摩不出她的心情。

關鍵字	搭配詞	例句
はぎれ 【歯切れ】	歯切れが良い (咬起來很脆)	このきゅうりは歯切れが良くて甘い。 這個小黃瓜很脆又甜。
	歯切れが悪い (含糊不清)	その事件に関して、彼の返事はどうも歯切れが悪かった。 關於那件事件，他的答覆含糊其辭。
はく 【吐く】	唾を吐く (吐口水)	彼が道端に唾を吐いた。 他在路邊吐口水。
	本音を吐く (吐漏心聲)	彼女は追いつめられてはじめて本音を吐いた。 她被追問後初次吐漏心聲。
はげしい 【激しい】	激しい口調 (激烈的口吻)	彼の激しい口調で怒られた。 我因為他那激烈的口吻而生氣。
	激しい雨 (大雨)	野球の試合は激しい雨のために中止となった。 棒球比賽因為大雨中止。
はげます 【励ます】	友達を励ます (鼓勵朋友)	試験に落ちてがっかりしている友達を励ます。 鼓勵因考試沒考中而沮喪的朋友。
	先生に励まされる (受到老師鼓勵)	高校のとき、先生に励まされて勉強を続けた。 高中時受到老師的鼓勵而繼續唸書。

は

關鍵字	搭配詞	例句
はごたえ 【歯応え】	歯応えがない (沒有嚼勁)	あの店のラーメンは柔らかくて歯応えがない。 那家店的拉麵太軟沒有嚼勁。
	歯応えがある (有韌性的)	彼はなかなか歯応えのある男だ。 他是一個韌性很強的男生。
はこび 【運び】	足の運びが遅い (腳程慢)	90歳を越えた高齢者だから足の運びが遅い。 因為是為超過九十歲的高齡者所以腳程很慢。
	運びを手伝う (幫忙搬家)	お兄さんは引越しの荷物運びを手伝ってくれた。 哥哥幫我搬運搬家的行李。
はこぶ 【運ぶ】	客を運ぶ (運送客人)	客を次の駅へ運ぶ。 將客人送到下一個車站。
	仕事を運ぶ (展開工作)	段取りをつけて仕事を運んだ。 有步驟的展開工作。
はさむ 【挟む】	テーブルを挟む (隔著桌子)	二人でテーブルを挟んで話し合っている。 兩個人隔著桌子說話。
	しおりを挟む (夾書籤)	しおりを本に挟む。 將書籤夾在書裡。
はし 【端】	端から端まで (從頭到尾)	この映画ははは端から端まで素晴らしかった。 這部電影從頭到尾都很好看。

關鍵字	搭配詞	例句
	道の端を歩く (走在路旁)	車の往来は多いから、気を付けながら道の端を歩いていく。 車子往來很多，所以要一邊注意一邊走在路旁。
はじ 【恥】	恥をかく (丟臉)	息子にとんだ恥をかかされた。 兒子讓我丟盡了臉。
	恥を隠す (遮羞)	自分の恥をひたすら隠して、人を避けて生きています。 只顧著遮羞、躲避目光生活著。
はじめる 【始める】	商売を始める (開始營業)	来年、商売を始めて20年を迎えます。 明年將迎接開業後第二十年。
	勉強を始める (開始念書)	昨年から弁護士資格試験の勉強を始めて、今年、2年目です。 從去年開始唸書考律師資格，今年是第二年。
ばしょ 【場所】	場所を空ける (空出空間)	テレビを置く場所を空ける。 空出放電視的空間。
	場所を取る (佔位置)	朝早くから花見の場所を取りに行きます。 一大早就去佔賞花的位置。
はしる 【走る】	通りを走る (在馬路上奔跑)	危ないから、通りを走って渡ってはいけません。 因為很危險所以不可以用跑的穿越馬路。

は

關鍵字	搭配詞	例句
	南北に走る (縦貫南北)	南北を走る高速道路は奇数、東西は偶数と決まっています。 將縱貫南北的高速公路定爲奇數，東西向定爲偶數。
はずす 【外す】	眼鏡を外す (摘下眼鏡)	眼鏡を外し、コンタクトにしてみた。 試著摘掉眼鏡戴上隱形眼鏡。
	タイミングを外す (錯過時機)	投手はゆるい球で打者のタイミングを外した。 投手用一顆慢球來使打者錯過時機。
はずれる 【外れる】	予想が外れる (出乎預料)	これは私の予想が外れて嬉しい結果です。 這是一個出乎我預料開心的結果。
	天気予報が外れる (天氣預報不準)	天気予報が外れて雨が降って、損害が出てしまった。 天氣預報不準下大雨造成損失。
はだ 【肌】	肌を刺す (刺骨)	私は北海道で始めて肌を刺すような体験をした。 我在北海道初次體驗到刺骨般的經驗。
	肌で感じる (用肌膚體會)	季節は肌で感じるものです。 季節是用肌膚體會的。
はたらき 【働き】	薬の働き (藥效)	薬の働きで眠くなった。 因爲藥效而變得愛睏。

は

關鍵字	搭配詞	例句
	あたま はたら 頭 の 働き (頭腦的運作)	か ど あたま はたら にぶ 過度のストレスは頭の働きを鈍 くする。 過度的壓力使頭腦的運作變遲鈍。
はっきり	はつおん 発音が はっきりし ている (發音清楚)	えいごきょうざい はつおん 英語教材テープは発音がはっき はつおん れんしゅう りしているので、発音の練習に やくだ おも は役立つと思う。 英語教材的錄音帶發音清楚，有 益於發音練習。
	み はっきりと見える (看得清楚)	きり は み 霧が晴れたのではっきりと見え る。 因爲霧散了所以看得清楚。
はな 【花】	はな さ 花が咲く (開花)	はる はな さ 春になると花が咲く。 春天一到花就開了。
	はな ち 花が散る (花凋謝)	まんかい さくら はな ち 満開の桜の花がすぐ散ってしま う。 盛開的櫻花一下子就凋謝了。
はな 【鼻】	はな つ 鼻が詰まる (鼻塞)	か ぜ はな つ くる ねむ 風邪で鼻が詰まって苦しくて眠 れない。 因爲感冒鼻塞而難過到睡不著。
	はな あか 鼻が赤い (鼻子紅)	はな あか 鼻が赤いために、いつもみんな わら の笑いものにされていた。 由於鼻子紅，所以我總是成爲大 家的笑柄。
はなし 【話】	はなし あ 話が合う (談得來)	かのじょ はなし あ ながい 彼女と話が合ってつい長居をし てしまった。 我跟她很談得來不知不覺就久坐 了。

は

關鍵字	搭配詞	例句
	話に乗る (參與討論)	そんなわけの分からない話には乗れない。 那種莫名奇妙的話題我無法參與討論。
はなす 【離す】	手を離せない (無法放手)	最近忙しくて手を離せない。 最近忙到不可開交。
	目を離さない (眼睛離不開)	本から目を離さない。 眼睛無法從書本離開。
はなれる 【離れる】	両親を離れる (離開父母親)	両親を離れて独立したい。 想要離開父母親獨立。
	監督を離れる (不受監督)	大人になった子供は親の監督を離れる。 長大成人的孩子不再受父母親的監督。
はね 【羽】	羽を広げる (張開翅膀)	私はクジャクが羽を広げたところを見たことがない。 我沒看過孔雀開屏的時候。
	羽が生える (長翅膀)	この新商品は羽が生えるようにどんどん売れていってほしい。 希望這個新商品可以像長了翅膀似的大賣。
はまる 【嵌る】	ボタンが嵌らない (鈕扣扣不上)	コートのボタンが嵌らない。 大衣的鈕扣扣不上去。

關鍵字	搭配詞	例句
	ゲームに嵌る (迷上遊戲)	夫がネットゲームに嵌っており、夫婦での会話も少なくなった。 老公迷上網路遊戲，夫妻間的對話也變少了。
はやい 【早い】	朝早く起きる (早起)	朝早く起きるために目覚ましを二つ用意する。 爲了早起我準備了兩個鬧鐘。
	早く着く (提早抵達)	彼氏はいつも待ち合わせより1時間も早く着く。 男朋友總是比約定時間提早一個小時抵達。
はやい 【速い】	返事が速い (快速回信)	ビジネスにおいては、返事が速いほうが確実に有利となります。 在商場上快速回信的確比較有利。
	頭の回転が速い (腦筋轉得快)	頭の回転が速ければ、突発的なことにも臨機応変に対応することができます。 腦筋轉得快的話，能夠臨機應變對付突發狀況
はやめる 【速める】	足を速める (加快腳步)	彼女は足を速めて私に近づいてきた。 她加快腳步向我靠近。

は

關鍵字	搭配詞	例句
	スピードを速める (加速)	スキンケアを怠ると、老化のスピードを速める。 如果怠於肌膚保養，會加快老化的速度。
はやる 【流行る】	風邪が流行る (流行感冒)	周りでは風邪が流行っているから、皆さんも健康管理には気をつけてください。 周遭正在流行感冒，大家一定要注意健康管理。
	スタイルが流行る (流行的款式)	日本は今どんなファッションやヘアスタイルが流行っているか。 日本現在正在流行怎麼樣的造型與髮型呢？
はら 【腹】	腹を立てる (生氣)	お父さんは試験のことで腹を立てた。 爸爸因為考試的事生氣。
	腹が黒い (黑心)	あの政治家、本当に腹が黒いな。 那位政治家真的很黑心。
はらう 【払う】	給料を払う (付薪水)	私が働いている店は、約束した給料をきちんと払ってくれない。 我所工作的商店都不肯付給我說好的薪水。
	ハエを払う (趕蒼蠅)	手を振ってハエを払っている。 揮手趕蒼蠅。

關鍵字	搭配詞	例句
はり 【張り】	張りがない (沒有幹勁)	最近楽しくなくて生活に張りがない気がする。 最近一點都不快樂覺得生活沒有幹勁。
	張りを持たせる (使其擁有幹勁)	生活に張りを持たせたいので、何か目標を立てたいと思っている。 我想讓生活有幹勁，所以想訂立目標。
はる 【張る】	胸を張る (抬頭挺胸)	今より胸を張って自信を持って実家に顔を出したい。 希望可以比現在更抬頭挺胸有自信的回老家。
	テントを張る (搭帳棚)	私はキャンプ場以外で、テントを張って、キャンプしたり寝たことがあります。 我曾在露營場地以外的地方搭帳篷露營睡覺。
はれる 【晴れる】	気分が晴れる (心情愉悦)	雨の日にこの曲を聴いたら気分も晴れる。 雨天聽這首曲子心情也會跟著放晴。
	疑いが晴れる (洗刷嫌疑)	君の言葉で疑いがすっかり晴れた。 因你的一番話而洗刷嫌疑。
ひえる 【冷える】	お腹が冷える (肚子受涼)	お腹が冷えると下痢や便秘になることが多い。 肚子一受涼很常拉肚子或便秘。

關鍵字	搭配詞	例句
	心が冷える (不感興趣)	体が冷えると病気になり、心が冷えるとやる気がなくなる。 身體發冷就會生病，內心不感興趣就會沒有幹勁。
ひがい 【被害】	被害を受ける (受損)	農業は大雨により被害を受けた。 農業因爲大雨而受到損害。
	被害にあう (受害)	事故の被害にあい、心身ともに傷つけられた。 遭遇到事故受害，身心都受創。
ひかえ 【控え】	控えを送る (送公文)	他の部長へ控えを送る。 他將公文送給其他的部長。
	控えを取っておく (留下副本)	この前の会議記録の控えを取っておいた。 留下之前會議紀錄的副本。
ひかえめ 【控えめ】	食事を控えめにする (少吃)	太りぎみなので食事を控えめにしてカロリーを抑えている。 因爲有點發胖所以正在節制飲食抑制熱量。
	控えめに発言する (客氣的發言)	初めて会議に出たので、控えめに発言した。 因爲是第一次參加會議，所以發言很客氣。
ひかり 【光】	光を投げかける (投射一道光線)	解決への道に光を投げかける。 在解決的道路上投射一絲希望。

は

關鍵字	搭配詞	例句
	光を失う (失明)	彼は絵が好きで目が光を失っても描き続けたい。 他喜歡畫畫，即使眼睛失去視力也要繼續畫。
ひきうける 【引き受ける】	仕事を引き受ける (接受工作)	私はその仕事を引き受けるとはまだ約束していない。 我還沒答應要接受那份工作。
	注文を引き受ける (接受訂貨)	他社でできないといわれた注文を引き受ける。 接受其他公司做不到的訂單。
ひきのばす 【引き延ばす】	時間を引き延ばす (拖延時間)	どうでもいい話題でだらだら時間を引き延ばした。 因為一些無關緊要的話題而拖延到時間。
	返答を引き延ばす (延遲答覆)	あんまり気を持たせて返答を引き延ばすのはやめて欲しい。 請停止引誘對方，然後拖延答覆。
ひく 【引く】	辞書を引く (查字典)	分からない単語が出てきたら辞書を引く。 遇到不懂的單字就查字典。
	くじを引く (抽籤)	順番にくじを引いてください。 請按照順序抽籤。

は

關鍵字	搭配詞	例句
ひけめ 【引け目】	引け目を感じる (感到自卑)	お兄さんは完璧で、私は引け目を感じている。 哥哥很完美，我感到自卑。
	引け目がある (有缺點)	自分に引け目があると思い込まないうちは、誰もあなたに引け目を感じることはできません。 自己不覺得自己有缺點，這樣誰都不會覺得你自卑。
ひざ 【膝】	膝を折る (屈膝)	礼拝あるいは敬意を表するために膝を折る。 禮拜或者表示敬意時會屈膝跪下。
	膝をすりむく (擦破膝蓋)	小さい頃によく転んで膝をすりむいて怪我をしてしまった。 小時候常常跌倒擦破膝蓋受傷。
ひそかに 【密かに】	密かな足音 (悄悄的腳步聲)	私は勉強に熱中していて密かな足音に気が付かなかった。 我專心唸書完全沒注意到悄悄的腳步聲。
	密かな望み (暗中希望)	歌手になりたいという密かな望みを抱く。 他暗自希望想當歌手。
ひっくりかえす 【引っ繰り返す】	ポケットを引っ繰り返す (把口袋翻出來)	彼はいつも慌ててポケットを引っ繰り返して切符を探す。 他總是慌張的把口袋翻出來找車票。

關鍵字	搭配詞	例句
	試合を引っ繰り返す (扭轉比賽的勝負)	君達が熱く応援したから、負けていた試合を最後に引っ繰り返した。 因爲你們的熱烈加油，讓陷於敗局的比賽在最後轉爲勝利。
ひっし 【必死】	必死になる (拼命)	大学受験のために必死になって勉強する。 爲了大學入學考拼命地念書。
	必死に働く (拼命地工作)	生活のために必死に働く。 爲了生活拼命地工作。
ぴったり 【ぴったり】	予想がぴったりと当る (猜中)	我ながら予想がぴったりと当ってきたので驚いている。 猜得一點都沒錯，連我自己都嚇了一跳。
	足にぴったりと合う (合腳)	自分の足にぴったりと合うサイズの靴を選ぶことの ほうが重要です。 挑選合自己的腳的尺寸的鞋子是重要的。
ひと 【人】	人を立てる (透過他人)	人を立てて縁談を進んでいる。 透過別人談婚事。
	人を探す (找人)	一流のビジネスマンを目指す人を探しています。 尋找以一流業務員爲目標的人。

關鍵字	搭配詞	例句
ひどい 【酷い】	酷い目に会う (吃大虧)	期待が大き過ぎると酷い目に会うよ。 期待過大可是會吃大虧的。
	雨が酷い (大雨)	昨日は雨が酷いのでお休みでした。 昨天因爲雨太大而休息。
ひといき 【一息】	一息つく (喘息)	私は職場で一息つく時間が全くない。 我在職場上絲毫沒有喘息的時間。
	一息に仕上げる (一口氣完成)	この機に一息に仕事を仕上げてしまおう。 這次就一口氣把工作完成吧。
ひとくち 【一口】	一口で飲み込む (一口吞下)	あの大きな魚は一口でエサを飲み込んだ。 那隻大魚一口吞下飼料。
	一口食べる (吃一口)	一口食べたら幸せを感じる。 吃一口就可以感受到幸福。
ひとこと 【一言】	一言も言わない (不發一語)	彼は一言も言わないで部屋から出ていった。 他不發一語地離開房間。
	一言が多い (話多)	上司から、よく「一言多い」と言われます。 我時常被上司説「話多」。
ひとで 【人手】	人手を借りる (求助他人)	その仕事は人手を借りずにやった。 那份工作不求他人幫助下完成。

關鍵字	搭配詞	例句
	人手に渡す (轉交給他人)	パソコンを人手に渡す際、ディスク内の情報の流失を防ぐ必要があります。 將電腦交給其他人時，必須要防止硬碟內資料外洩。
ひとめ 【人目】	人目を引く (引人注目)	最も人目を引く色は「赤」です。 最引人注目的顏色是紅色。
	人目を避ける (掩人耳目)	彼はいつも人目を避けて彼女と会いに行く。 他總是掩人耳目地去見女朋友。
ひにく 【皮肉】	皮肉を言う (諷刺)	嫌味や皮肉を言うことによって人間関係が悪くなりやすい。 抱怨與諷刺會容易使人際關係變差。
	皮肉に聞こえる (聽起來諷刺)	君の言った話は皮肉に聞こえる。 你所說的話聽起來很諷刺。
ひびき 【響き】	響きが悪い (音響效果差)	この講堂は響きが悪く、声が後ろまで聞こえない。 這個禮堂的音響效果不好，後面聽不到聲音。
	響きを体に感じる (身體感受到震動)	家は線路の近くにあるので、電車の響きを体に感じられる。 因為家在鐵路軌道附近，所以身體感受得到電車的震動。

關鍵字	搭配詞	例句
ひま 【暇】	暇を潰す (打發時間)	映画を見て暇を潰した。 看電影打發時間。
	暇を取る (抽空)	暇を取って実家へ帰る。 抽空回老家。
ひやす 【冷やす】	ビールを冷やす (冰鎮啤酒)	スーパーで買ったビールを冷やす。 冰鎮在超市買的啤酒。
	頭を冷やす (使頭腦冷靜)	頭を冷やして、もう一度考え直せ。 讓頭腦冷靜再重新思考一次。
びょうき 【病気】	病気になる (生病)	免疫のバランスが崩壊すると病気になる。 免疫系統若失去平衡就會生病。
	病気をうつす (傳染疾病)	私は普段、人に病気をうつす昆虫の研究をしています。 我平常在研究將疾病傳染給人類的昆蟲。
ひょうじょう 【表情】	表情に富む (表情豐富)	あの人の顔は表情に富んでいる。 那個人的臉表情豐富。
	表情がない (沒有表情)	私の周りに、顔に表情がない人が数人います。 我的身邊好幾位面無表情的人。
ひょうばん 【評判】	評判を傷つける (中傷)	同僚の評判を傷つけてはいけない。 不可以中傷同事。

は

179

關鍵字	搭配詞	例句
	評判を落とす (聲譽下跌)	そんなことをしては店の評判を落とす。 你做那件事會拉低店的聲譽喔。
ひらく 【開く】	年が開く (年齡差距大)	あの夫婦は年が開いている。 那對夫妻年齡差距很大。
	会議を開く (開會)	最初から意見が一致していたら会議を開く意味がない。 倘若一開始意見就一致的話就沒有開會的意義。
ひろい 【広い】	知識が広い (知識淵博)	彼は宇宙について広い知識を持っている。 他對宇宙具有很淵博的知識。
	胸が広い (心胸寬闊)	愛情にあふれ、胸が広い人が好きだ。 我喜歡感情充沛、心胸寬闊的人。
ひろう 【拾う】	財布を拾う (撿皮包)	昨日の通勤途中で財布を拾った。 昨天上班途中撿到皮包。
	命を拾う (撿回一條命)	危ないところで命を拾った。 在危險的時刻撿回一條命。
ひろげる 【広げる】	両手を広げる (張開雙手)	両手を広げて歓迎の意を示す。 張開雙手表示歡迎。
	傘を広げる (撐傘)	雨が降ってきた。早く傘を広げなさい。 下雨了，趕快撐傘。

は

180

關鍵字	搭配詞	例句
ぶあいそう 【無愛想】	無愛想に断る (很不客氣地拒絕)	彼の要求に無愛想に断る。 很不客氣地拒絕他的要求。
	無愛想な顔 (板著的面孔)	中国でレストランの店員はよく無愛想な顔で接客する。 在中國的餐廳店員常板著臉接客。
ふい 【不意】	不意を打つ (出奇不意)	敵の不意を打ったから勝ってた。 出奇不意地襲擊敵人所以贏得勝利。
	不意に現れる (突然出現)	彼女の元彼氏は、いきなり結婚式に不意に現れた。 她的前男友冷不防地突然出現在結婚典禮上。
ふかい 【深い】	印象が深い (印象深刻))	彼女は私たちに深い印象を残した。 她給我們留下很深的印象。
	意味が深い (意義深遠)	この作家の詩は意味が深くて考えさせれる。 這個作家的詩意義深遠令人深思。
ふきょう 【不況】	不況に見舞われる (遇到不景氣)	世界経済は不況に見舞われている。 全世界經濟不景氣。
	不況を抜け出す (擺脫蕭條)	いち早くデフレ不況を抜け出したい。 想趕快突破這個通貨膨脹的不景氣。

は

關鍵字	搭配詞	例句
ふく 【吹く】	口笛を吹く (吹口哨)	夜に口笛を吹いたら、近所に迷惑をかけてしまう。 晚上吹口哨會給鄰居造成困擾。
	蠟燭を吹く (吹蠟燭)	願いごとを言って蠟燭を吹いて消しなさい。 許願後請吹熄蠟燭。
ふくむ 【含む】	税金を含む (含税)	この金額には税金が含まれている。 這個金額含税。
	拒否の意味を含む (含有拒絕的意思)	彼の言葉は拒否の意味を含んでいた。 他的話裡含有拒絕的意思。
ふくろ 【袋】	袋が破れる (袋子破了)	袋が破れてお金がこぼれた。 袋子破掉錢都掉了出來。
	袋に入れる (裝進袋子裡)	果物を袋に入れる。 將水果裝進袋子裡。
ふしぎ 【不思議】	不思議な行動 (不可思議的行為)	男性から見ると、女性はときに不思議な行動を取ります。 從男生的角度來看女生有時候會做出一些不可思議的行為。
	不思議な事件 (不可思議的事件)	最近不思議な事件は頻繁に起こった。 最近頻繁發生不可思議的事件。

關鍵字	搭配詞	例句
ふじゆう 【不自由】	金に不自由 (缺錢)	将来仕事を辞めても、金に不自由なく暮らしたい。 將來即使辭掉工作，也想不缺錢地生活。
	不自由を忍ぶ (忍受不自由)	不自由を忍んで下宿生活をする。 忍受不自由在宿舍生活。
ふそく 【不足】	人手が不足だ (人手不足)	介護業界は離職率が高く、慢性的な人手不足である。 護理界離職率高，是慢性的人手不足。
	力が不足する (能力不足)	彼はそれをする力が不足している。 他沒有足夠的能力做那件事。
ふた 【蓋】	蓋を取る (掀蓋)	弁当箱の側面には「蓋を取ってから温めてください」と書かれてる。 便當盒的側面寫著「請掀蓋後再加熱」。
	蓋を開ける (開始)	蓋を開けてみないと勝負は分からない。 不開始的話是不會知道勝負的。
ふとい 【太い】	腕が太い (手臂粗)	腕が太すぎて、Tシャツを脱ぐのが大変そうです。 手臂太粗，脫T恤似乎很麻煩。

關鍵字	搭配詞	例句
	声が太い (聲音很粗)	女性の心をひきつける声は、たくましさや勇ましさを感じさせる低く太い声だそうです。 聽説吸引女人心的聲音是令人感到強壯與勇猛的低沉嗓音。
ふところ 【懷】	懐に抱きしめる (抱在懷裡)	無事で帰った子供を懐に抱きしめた。 她將平安歸來的小孩抱在懷裡。
	相手の懐を探る (試探對方的底細)	相手の懐を探るためには、こちらの手の内を明かしてしまうことをやってはならないのです 爲了試探對方的底細，自己必須要先亮出底牌。
ふむ 【踏む】	足を踏む (踩到腳)	朝の電車が込んでいるので、誤って他人の足を踏んでしまった。 早上的電車很擁擠，不小心踩到其他人的腳。
	土地を踏む (踏上土地)	久しぶりにふるさとの土地を踏む。 好久沒有踏上故鄉的土地了。
ふる 【振る】	首を横に振る (搖頭)	彼女はその申し出に対して首を横に振った。 她對於那個提議搖頭。
	手を振る (揮手)	警察が手を振って人波を前進させた。 警察揮著手讓人潮前進。

は

關鍵字	搭配詞	例句
ふるい 【古い】	感覚が古い (感覺古老)	この絵は少し感覚が古い。 這幅畫感覺有點古老。
	頭が古い (古板)	父は頭が古い。 父親想法很古板。
ふるえる 【震える】	手が震える (手發抖)	誰でも重いものを持ったときや緊張したときに手が震えることがよくあります。 在拿重物或緊張的時候無論是誰手都會抖。
	声が震える (聲音發抖)	会議の時など自分の順番になると心臓がドキドキして声が震えてしまいます。 開會的時候輪到自己的時候心臟撲通撲通地跳、聲音發抖。
ふれる 【触れる】	法律に触れる (觸犯法律)	法律に触れるとして当局の警告を受けた。 觸犯法律受到當局的警告。
	手で触れる (用手觸摸)	博物館で手で陳列品を触れないでください。 在博物館請不要用手觸摸陳列品。
ふろ 【風呂】	風呂に入る (泡澡)	疲れたとき、風呂に入ってリラックスしたい。 疲累的時候想泡澡放鬆一下。
	風呂を立てる (放洗澡水)	風呂を立てるのは私の役目です。 放洗澡水是我的工作。

は

關鍵字	搭配詞	例句
ふんべつ【分別】	分別がある人 (有分寸的人)	分別のある人なら、人前でそんな事は言わないだろう。 如果是有分寸的人是不會在人前說出那種事的吧。
	ごみの分別 (垃圾分類)	ごみの分別に迷う場合は生活環境課までご確認ください。 對垃圾分類有疑惑時請向生活環境課確認。
ふんいき【雰囲気】	雰囲気を和らげる (緩和氣氛)	彼女の一言がその場の雰囲気を和らげた。 她的一番話緩和了當時的氣氛。
	雰囲気に飲まれる (被氣氛壓倒)	自分の実力を発揮したければ、どんな環境でも雰囲気に飲まれてはいけない。 若想發揮自己的實力，無論在什麼樣的環境下都不能被當時的氣氛壓倒。
へいき【平気】	平気な顔 (冷靜的表情)	彼は試験に落ちても平気な顔をしている。 他即使落榜也是一臉冷靜。
	平気なふりをする (假裝冷靜的模樣)	弱い自分を隠そうとして平気なふりをする。 隱藏軟弱的自己假裝冷靜。
へいわ【平和】	平和を破る (破壞和平)	昔から平和を破って理由は自慢とか富とか宗教とかだった。 以前破壞和平的理由爲驕傲或財富或宗教等。

は

關鍵字	搭配詞	例句
	平和を守る (守護和平)	平和を守るためには戦争を二度とおこしてはいけない。 為了守護和平，不可以再發生戰爭。
へた 【下手】	口が下手 (不善言詞)	口が下手で他人に誤解されやすい。 不擅長言詞容易被人誤會。
	下手する (一不小心)	下手すると彼に会えないかもしれない。 一不小心可能會遇不到他。
へだたる 【隔たる】	実力が隔たる (實力不同)	双方の実力はかなり隔たっている。 雙方的實力也相當大一段距離。
	考えが隔たる (想法有差距)	二人の考えはだいぶ隔たっている。 雙方的想法相差太遠。
へだて 【隔て】	隔てなく (沒有差別)	彼は温和な性格で、見知らぬ人にも友人にも隔てなく親切だ。 他的個性很溫和，無論是對陌生人或朋友都沒有差別的親切對待。
	隔てができる (產生隔閡)	あの事件があってから彼との間に隔てができた。 發生那件事情後我跟他之間產生隔閡。
べつ 【別】	別の日 (改天)	私今日は忙しい、別の日に会いましょう。 我今天很忙，改天再見面吧。

關鍵字	搭配詞	例句
	別に払う (另外付錢)	インターネット通販サイトの商品は殆ど送料だけ別に払う。 網路購物的商品幾乎都要另付運費
へや 【部屋】	部屋を探す (找房子)	転勤シーズンになると、部屋を探す人が多くなるそうです。 一到換跑道的季節，找房子的人就會變多。
	部屋をちらかす (把房間弄亂)	夫は部屋をちらかしては、片付けることをしない。 老公把房間弄亂後從不整理。
へらす 【減らす】	予算を減らす (刪減預算)	会社は不景気で予算を減らした。 公司因爲不景氣而刪減預算。
	腹を減らす (餓肚子)	何日も腹を減らしていた。 我已經餓好幾天了。
ぺらぺら	英語がぺらぺら (英文流利)	1日でも早く英語がペラペラになりたいです。 我的英文想早點變流利。
	ぺらぺらしゃべる (口若懸河)	人のプライベートなことをペラペラしゃべってはよくない。 滔滔不絕的講著別人的隱私是不好的。
へる 【減る】	体重が減る (體重減輕)	特にダイエットをしているわけでもないのに、体重が減った。 並沒有特別減肥，體重卻減輕。

は

關鍵字	搭配詞	例句
	収入が減る (收入減少)	不況のせいで収入が減ってしまった。 因爲景氣不好害我收入減少了。
へん 【変】	変な目だ (異樣的眼光)	東京ではおせっかいをすると変な目で見られてしまう。 在東京如果你管閒事的話就會被投以異樣的眼光。
	変な味がする (有奇怪味道)	このスープは何か変な味がする。 這個湯有奇怪的味道。
へんか 【変化】	変化に応ずる (因應變化)	大昔、たいていの人々は季節の変化に応じて移動して暮らしていた。 很久以前大部分的人都是隨著季節的變化遷移而居。
	変化に富む (充滿變化)	四季の変化に富むすばらしい公園。 這是一座充滿四季變化的好公園。
べんぎ 【便宜】	便宜を与える (提供方便)	テレビはスポーツファンに一層大きな便宜を与える、という長所を持っている。 電視有一個優點，那就是給運動迷帶來更大的方便。
	便宜を図る (講求方便)	利用者の便宜を図るため、ここに有料ロッカーを設置した。 爲了讓使用者方便，在這裡設置收費置物櫃。

は

關鍵字	搭配詞	例句
べんきょう 【勉強】	勉強になる (得到經驗)	どんな仕事でも結果として勉強 になることが多い。 無論是什麼樣的工作，結果來說 學到很多經驗。
	日本語を勉強する (學日文)	日本の漫画に興味を持っている から、日本語を勉強したい。 因為對日本漫畫感興趣，所以想 學日文。
へんけん 【偏見】	偏見を持つ (有偏見)	偏見は持つべきではない。 不應該持有偏見。
	偏見を捨てる (捨棄偏見)	第一印象の偏見は捨てるべき。 應該捨棄第一印象的偏見。
べんご 【弁護】	自己弁護する (自我辯護)	勝手に自分以外の人か物に 責任転嫁をして自己弁護しては いけない。 不可以任意將責任轉嫁給自己以 外的人或物來自我辯護。
	被告を弁護する (幫被告辯護)	私が重大犯罪の被告を弁護しな ければならない理由がある。 我有必須要幫重大犯罪被告辯護 的理由。
へんさい 【返済】	債務を返済する (還債)	彼は、自身の債務を返済した。 他還清了自己的債款。
	借りたものを返済 する (歸還借的物品)	借りたものは返済しなければな りません。 必須歸還所借的物品。

關鍵字	搭配詞	例句
へんじ 【返事】	返事に困る (難以回答)	デリケートな話題で返事に困った。 因爲話題敏感所以難以回答。
	返事を出す (回信)	その手紙に返事を出す必要はない。 不需要回那封信。
べんとう 【弁当】	弁当を食べる (吃便當)	昼飯は近くの公園で弁当を食べる。 午餐時刻在附近的公園吃便當。
	弁当を拵える (帶便當)	私はたまに昼ご飯節約のために、お弁当を拵える事があるんです。 有時候爲了節省午餐錢就會帶便當。
べんり 【便利】	交通が便利になる (交通變得便利)	新幹線ができて、交通が便利になった。 有了新幹線交通變便利了。
	便利な道具 (方便的工具)	この店では、大工が使う便利な道具が揃っている。 這間店裡有很多木匠使用的方便的工具。
ほうこう 【方向】	方向を変える (改變方向)	自分が方向を変えれば、新しい道はいくらでも開ける。 若能自己改變方向,新的道路每條都能通。
	方向を定める (訂定方向)	進むべき方向を定める。 訂定應該前進的方向。

は

關鍵字	搭配詞	例句
ほうこく 【報告】	状況を報告する (報告狀況)	設定した目標について、現時点での達成状況をそれぞれ報告して下さい。 關於所設定的目標，請各自報告現時點的達成狀況。
	報告を受ける (收到報告)	上司は鈴木さんから営業実績の報告を受けた。 主管從鈴木先生那裡收到業績的報告。
ほうしゅう 【報酬】	報酬をもらう (獲得報酬)	アンケートに答えて報酬をもらえるようです。 回答問卷似乎可以獲得報酬。
	報酬を求める (要求報酬)	時間と労力にふさわしい報酬を求めている。 要求符合時間與勞力的報酬。
ほうどう 【報道】	動きを報道する (報導動向)	テレビやネットはすぐに世界の動きを報道することができる。 電視與網路可以馬上報導世界的動向。
	大いに報道される (大大地被報導)	あの事件は新聞等でも大いに報道されました。 那件事件在報紙上等大大地被報導。
ほうしん 【方針】	方針を立てる (擬定方針)	退職後の方針を立てる。 擬定退休後的方針。

は

關鍵字	搭配詞	例句
	方針をはっきりさせる (使方針清楚)	今後の方針をはっきりとさせたほうがいい。 應該讓今後的方針清楚才是。
ほうび 【褒美】	褒美を与える (給予獎勵)	何かを達成できたとき、自分に対して「ご褒美」を与える。 當達成什麼事情的時候，我會給自己獎勵。
	褒美をもらう (獲得獎勵)	子供はポイントがたまってきたら欲しいご褒美をもらえる。 小朋友累積點數的話，就可以獲得想要的獎勵。
ほうりつ 【法律】	法律に反する (違法)	無免許運転は法律に反する行爲です。 無照駕駛是違反法律的行爲。
	法律に照らす (按照法律)	法律に照らして処罰する。 按照法律進行懲處。
ほけん 【保険】	保険をかける (保險)	企業が、従業員に保険をかけるべき。 企業應該幫員工保險。
	保険を勧誘する (拉保險)	友達に保険を勧誘されて困っている。 被朋友拉保險而感到困擾。
ほこり 【埃】	埃を払う (拍灰塵)	自転車に積もった埃を払った。 清除累積在腳踏車上的灰塵。

は

關鍵字	搭配詞	例句
	埃を立てる (揚起塵土)	その車はもうもうと埃を立てて走り過ぎて行った。 那輛車帶起很多灰塵呼嘯而過。
ほこり 【誇り】	誇りを感じる (感到驕傲)	優勝でなくても誇りを感じている。 即使沒有得第一名也感到驕傲。
	誇りを傷つける (傷害自尊)	彼の発言は女性の誇りを傷つけた。 他的發言傷害到女性的自尊。
ぼしゅう 【募集】	募集に応じる (因應招募)	募集に応じて選定を行う。 因應招募進行徵選。
	募集を締め切る (停止招募)	定員に達した場合は、予告なしで募集を締め切る場合もある。 人員達到一定數量時，也可能會沒有通知就停止招募。
ほす 【干す】	洗濯物を干す (晾衣服)	ライフスタイルの変化から、夜に洗濯し、室内に洗濯物を干す人が増えている。 由於生活習慣改變，晚上洗衣在室內晾衣服的人變多了。
	布団を干す (曬棉被)	私は今まで月に1度はいい天気の日に外で布団を干しています。 我到目前為止會一個月一次在天氣好的時候曬棉被。
ほそい 【細い】	声が細い (聲音細)	高い声を出すと声が細くなる。 發出尖叫時，聲音會變細。

は

關鍵字	搭配詞	例句
	神経が細い (神經過敏)	私は、自分の神経が細いというのを自覚しています。 我自知自己神經過敏。
ほちょう 【歩調】	歩調を合わせる (配合步調)	他人と歩調を合わせ、せかしたり無理強いをしない。 配合他人的步調，不急躁也不勉強。
	歩調を揃える (統一步調)	そんな早く歩かないでください。あなたと歩調を揃えることはできません。 請不要走那麼快，我跟不上你的步調。
ほど 【程】	程を越す (過度)	何事も程を越すと害になる。 凡事超過程度就會帶來損害。
	程がある (有限度)	可愛いにも程がある。 可愛也要有個限度。
ほね 【骨】	骨にしみる (刺骨)	北風が冷たくて骨にしみるようだった。 北風寒冷彷彿刺骨一般。
	骨がある (有志氣)	彼は骨のある上司です。 他是位有志氣的上司。
ほめる 【褒める】	先生に褒められる (被老師誇獎)	先生に褒められることが生徒にとって大きな励みになる。 被老師誇獎對學生來說是一個很大的鼓勵。

關鍵字	搭配詞	例句
	作品を褒める (稱讚作品)	授業時、向上心を高めるために学生の発言や作品を褒めてもいい。 上課時為了提高上進心可以稱讚學生的發言與作品。
ほる 【掘る】	トンネルを掘る (挖隧道)	砂場や砂浜でトンネルを掘る。 在沙坑與沙灘上挖隧道。
	薩摩芋を掘る (挖地瓜)	田舎で自然と触れ合いながら、土の中から薩摩芋を掘ることを楽しめる。 在鄉下可以一邊接觸大自然並且享受從土中挖地瓜的樂趣。
ほれる 【惚れる】	彼女に惚れる (迷上她)	彼は彼女にとても惚れている。 他很迷戀她。
	彼の人柄に惚れる (欽佩他的為人)	初めは彼の歌声に惚れたが、二度目は彼の人柄に惚れた。 第一次是迷上他的歌聲,第二次是欽佩他的為人。
ほんき 【本気】	本気にする (當真)	冗談を本気にする。 把玩笑話當真。
	本気になる (認真)	本気になって好奇心を追いかけると、思いもよらない自分の力が見つかる。 認真地追尋好奇心會發現自己意想不到的能力。

は

196

關鍵字	搭配詞	例句
ほんね 【本音】	本音を吐く (吐出真心話)	彼は追い詰められてやっと本音を吐いた。 他被追問後終於吐出真心話了。
	本音が出る (出真言)	酒に酔うと本音が出る。 酒後吐真言。
ほんもの 【本物】	本物の味 (道地的味道)	素材にこだわった本物の味をお楽しみください。 請享受堅持素材的道地味道。
	本物と偽者を見分ける (分辨真品與贋品)	素人で本物と偽者を見分けにくい。 外行人很難分辨物品的真假。

は

197

關鍵字	搭配詞	例句
まかせる 【任せる】	力に任せる (使盡力氣)	力に任せて本を本箱に押し込んだ。 用力將書放進書架。
	人に任せる (委託他人)	仕事を人に任せる人は、成長しないです。 將工作委託其他人的人是無法成長的。
まがる 【曲がる】	角を曲がる (轉彎)	この通りをまっすぐ行って、二つ目の角を右に曲がってください。 這條路直走，在第二個轉彎處向右轉。
	柱が曲がる (柱子傾斜)	東日本大震災の揺れで柱が曲がるなど深刻な被害が出た。 由於東日本大地震的搖晃發生柱子傾斜等嚴重的災情。
まぎれる 【紛れる】	気が紛れる (解悶)	映画を見たら気が紛れた。 看電影解悶。
	悲しみが紛れる (忘掉悲傷)	仕事をすると悲しみが紛れます。 一工作就會忘記悲傷。
まく 【幕】	幕が開く (開幕)	今年もいつものように受験戦争の幕が開いた。 今年也如往常一樣揭開考試戰爭的序幕。

關鍵字	搭配詞	例句
	幕を閉じる (結束)	暑かった夏の季節が幕を閉じた。 酷熱炎夏的季節結束了。
まける 【負ける】	試合に負ける (輸了比賽)	試合に負けたくないから一所懸命練習しています。 因爲不想輸了比賽所以努力練習。
	誘惑に負ける (輸給誘惑)	ついに誘惑に負けてしまいました。 終於輸給了誘惑。
まけんき 【負けん気】	負けん気が強い (好強)	弟はとても負けん気が強い。 弟弟非常好強。
	負けん気を出す (不服輸)	彼女は負けん気を出して一生懸命走った。 她不服輸的努力跑著。
まじめ 【真面目】	真面目な顔 (認眞的表情)	あの人は真面目な顔で話しているが、言ってることは全部冗談です。 那個人雖然用認眞的表情講話，可是說的全都是玩笑話。
	真面目に勉強する (認眞念書)	両親はよく真面目に勉強していれば良い会社に就職できると言っている。 父母親常説認眞念書就可以在好的公司上班。

ま

199

關鍵字	搭配詞	例句
ます 【増す】	食欲が増す (食慾增加)	秋になると食欲が増す。 一到秋天食慾就會增加。
	体重が増す (體重增加)	食べ物を食べてないのに体重が増す。 也沒吃東西，體重竟然增加。
まずい 【不味い】	ご飯が不味い (菜難吃)	気味の悪いことを聞いてご飯が不味くなった。 聽到噁心的事情菜都變得難吃了。
	不味いことになる (情況不妙)	今、損切りをして、もっといいチャンスを探さないと不味いことになる。 現在若不做個停損點，找個更好的機會的話情況就不妙了。
まちがい 【間違い】	間違いを犯す (犯錯)	親も時には間違いを犯す。 父母親有時也會犯錯。
	間違いを直す (校正錯誤)	文法の間違いを直してくれた。 他幫我校正文法的錯誤。
まちがえる 【間違える】	道を間違える (走錯路)	私はよく道を間違える。 我常走錯路。
	漢字を間違える (弄錯字)	小学生レベルの漢字を間違える。 我搞錯小學生程度的漢字。
まつ 【待つ】	バスを待つ (等公車)	時刻表をみながらバスを待つ。 她一邊看時刻表一邊等公車。

ま

關鍵字	搭配詞	例句
	チャンスを待つ (等待機會)	努力しながらチャンスを待つしかないのです。 也只能一邊努力一邊等待機會。
まもる 【守る】	身を守る (保護身體)	犯罪から身を守るためには「正しい防犯知識を身につける」ことが大切です。 爲了保護身體遠離犯罪，學習正確的防止犯罪知識是很重要的。
	ルールを守る (遵守規則)	国民一人一人が交通ルールを守ることが大切です。 每一位國民遵守交通規則是重要的。
まよう 【迷う】	迷わずにやる (毫不猶豫的做)	一度こうと決めたら迷わずにやる。 一旦決定了就不要猶豫地做。
	道に迷う (迷路)	私は方向音痴でいつも道に迷う。 我是路癡總會迷路。
まわす 【回す】	ハンドルを回す (轉動方向盤)	片手でハンドルを回すコツを教えてください。 請教我單手轉方向盤的訣竅。
	車を回す (派車)	車を事務所に回す。 派車到事務所。
まわる 【回る】	扇風機が回る (電風扇轉動)	個人個人のデスクの上では小型扇風機が回っています。 每個人的桌子上都開著小型電風扇。

ま

201

關鍵字	搭配詞	例句
	湖を回る (繞湖)	遊覧船で1時間程度湖を回ることができます。 坐觀光船大約一個小時可以繞湖一圈。
まんぞく 【満足】	満足な答えを得る (得到滿意的答案)	事件について調べてもらいましたが、満足な答えは得られませんでした。 關於那事件雖然已經請警察調查，但還是沒有得到滿意的答案。
	要求を満足させる (滿足要求)	顧客の要求を満足させる品質をもった製品を作り出したい。 想要做出擁有滿足顧客要求的品質的產品。
み 【身】	身を寄せる (寄宿)	両親を失って彼はおじの家に身を寄せた。 失去雙親後他現在寄宿在叔叔家。
	身が入る (專心)	暑くて仕事に身が入らない。 太熱了無法專心工作。
み 【実】	実を結ぶ (結果)	庭に植えた梨が始めて実を結んだ。 種在庭院的梨子已經開始結果了。
	実がある (有結果)	毎日それなりに多忙なのに、実のある成果につながっている気がしない。 明明每天這麼忙，卻不覺得有結果。

ま

關鍵字	搭配詞	例句
みがく 【磨く】	技を磨く (磨練技巧)	技を磨いてまた試合に出ます。 磨練技巧後再參加比賽。
	歯を磨く (刷牙)	朝食を食べなくても歯を磨くべき。 即是不吃早餐也要刷牙。
みかけ 【見かけ】	見かけによる (由外表決定)	人は見かけによらない。 人不可貌相。
	見かけがいい (外觀好)	見かけはいいが、中身は大したことがない。 外觀雖好，卻沒啥內涵。
みごと 【見事】	見事に咲く (開得很漂亮)	庭の菊の花が見事に咲いている。 庭院的菊花開得很漂亮。
	見事な出来栄え (做得太漂亮了)	今年のさくらんぼは見事な出来栄え。 金年的櫻桃產量很漂亮。
みこみ 【見込み】	見込みがある (有希望)	大学に受かる見込みがある。 看起來有希望考上大學。
	見込みが外れる (計劃落空)	見込みが外れると、大量の在庫や販売機会損失が生じることになる。 計劃落空的話，會產生大量庫存與損失販賣時機。
みず 【水】	水をかける (潑冷水)	せっかくやる気になったのに水をかけられた。 好不容易有幹勁，卻被潑冷水。

關鍵字	搭配詞	例句
	水が出る (水流出)	管についているさびがとれて急に赤い水が出ることがあります。 除去水管裡的鏽後，會突然流出紅色的水。
みずから 【自ら】	自らの力 (自己的力量)	自らの力で問題を解決する。 要靠自己的力量來解決問題。
	自ら過ちを認める (承認自己的過錯)	彼が自らの過ちを認めることなんてあり得ませんよね。 他是不可能承認自己的過錯的。
みせる 【見せる】	顔を見せる (露面)	うちの子も産まれるまで、一度も顔を見せてくれませんでした。 我家的小孩直到出生為止一次都沒露面給我看。
	医者に見せる (看醫生)	医者に見せてかゆみ止めをもらいます。 看醫生來止癢。
みち 【道】	道に迷う (迷路)	慣れない場所で道に迷うようになりました。 在不熟悉的地方迷路了。
	道を尋ねる (問路)	私はしょっちゅう人に道を尋ねられます。 我很常被他人問路。
みぢか 【身近】	身近な人 (親近的人)	心の健康状態や病気のことが気になるとき、身近な人と支えあうことが大切です。 煩惱內心的健康狀態與疾病時，與親近的人相扶持是很重要的。

ま

關鍵字	搭配詞	例句
	身近に感じる (感到親近)	その事以来彼が身近に感じられるようになった。 自從那件事以來我覺得和他更加親近了。
みちる 【満ちる】	自信に満ちる (充滿自信)	自信に満ちている人は美しい。 充滿自信的人最美。
	ユーモアに満ちる (充滿幽默)	ユーモアに満ちたアニメ作品。 這是一部充滿幽默的卡通作品。
みつける 【見つける】	仕事を見つける (找工作)	彼は今仕事を見つけているから、いい仕事があったら、紹介してください。 他正在找工作，如果有好工作，請介紹。
	財布を見つける (找到錢包)	落とした財布を見つけてもらった。 有人幫我找到遺失的錢包。
みつもり 【見積もり】	見積もりを出す (提出報價)	遅くとも金曜日には損失の見積もりを出してください。 最遲請在星期五提出損失的報價。
	見積もりがおかしい (報價奇怪)	やっぱりあの見積もりはおかしい。払うつもりはない。 果然那個報價很奇怪，我不打算付錢。

ま

關鍵字	搭配詞	例句
みとおし 【見通し】	見通しがきく (視野好)	この部屋からはずっと向こうの湖まで見通しがきく。 從這房間一直到對面的湖泊視野很好。
	見通しがつかない (很難預料)	仕事の見通しがつかないんですよ。 工作很難預料。
みとめる 【認める】	犯人と認める (斷定是犯人)	警察官は彼を犯人と認めた。 警察斷定他是犯人。
	価値を認める (認同價值)	天才は生きているとき、その本当の価値を認められない。 天才活著的時候他們真正的價值往往不受人認同。
みぶん 【身分】	身分が違う (身分地位不同)	昔身分の違う男と女は結婚することができなかった。 以前身分地位不同的男生與女生是不能結婚的。
	身分を隠す (隱藏身分)	男が整形し身分を隠して復讐する。 那個男人整型後隱藏身分以便報仇。
みほん 【見本】	見本の通りに (按照樣品)	見本の通りに図形を組み合わせて配置することができる。 按照樣品組裝圖形後就可以組合了。
	いい見本だ (好例子)	そんなことをするときっと失敗する。彼がいい見本だ。 你那樣做準會失敗，他就是一個很好的例子。

ま

關鍵字	搭配詞	例句
みまい 【見舞い】	見舞いに行く (去探病)	病院に陳さんの見舞いに行く。 去醫院探陳先生的病。
	見舞いを出す (寫慰問信)	交通事故にあった林さんにお見舞いを出した。 給發生車禍的林先生寫了封慰問信。
みみ 【耳】	耳が遠い (重聽)	年を取って耳が遠くなる。 上了年紀耳朵變重聽。
	耳をふさぐ (遮住耳朵)	彼は親友の忠告にも耳をふさぐ。 他也不聽好朋友的忠告。
	耳が鋭い (耳朵靈敏)	彼は耳が鋭い。 他的耳朵很靈敏。
みゃく 【脈】	脈がある (有希望)	あの交渉にはまだ脈がある。 那個交涉還有一絲希望。
	脈が上がる (脈搏加快)	運動中には脈拍が上がる。 運動時脈搏會加快。
みる 【見る】	テレビを見る (看電視)	妹はいつもテレビを見ながらご飯を食べる。 妹妹總是一邊看電視一邊吃飯。
	展覧会を見る (看展覽)	デパートではいつでも大きな展覧会を見られる。 在百貨公司無論何時都看得到大型展覽。

ま

關鍵字	搭配詞	例句
むかう 【向かう】	面と向かう (面對面)	あの人と面と向かって話したのは、今日が始めてです。 跟那個人面對面談話今天還是第一次。
	年末に向かう (接近年底)	年末に向かうと、もっと忙しくなる。 一接近年底就會變得更忙。
むかえる 【迎える】	客を迎える (接客)	空港まで客を迎える。 到機場迎接客人。
	新年を迎える (過新年)	楽しく新年を迎える。 快樂過新年。
むき 【向き】	向きが揃う (方向對齊)	机の向きが揃っていないので、直してください。 桌子的方向沒有對齊請調整。
	子供向き (以小孩為對象)	この物語は子供向きです。 這則故事是以小孩為對象。
むく 【向く】	運が向く (運氣好)	あの人は頑張っているのに、運が向かなくて気の毒だ。 那個人明明很努力的，運氣不好真是可惜。
	教師に向く (適合當老師)	君は教師に向いている。 你適合當老師。

ま

關鍵字	搭配詞	例句
むくいる 【報いる】	恩に報いる (報答恩情)	烏さえ親の恩に報いるのだから、まして人は孝行せねばならない。 連烏鴉都會報答父母親的恩情，何況是人更應該要孝順。
	好意に報いる (報答好意)	当社としては、貴殿のご好意に報いる機会が近くあることを願っています。 本社希望近期內能有報答貴公司的好意的機會。
むくち 【無口】	無口な人 (不愛說話的人)	無口な人はストレスを溜め易い。 不愛說話的人容易累積壓力。
	無口な性質 (沉默寡言的個性)	無口な性質らしく、出会ってから今に至るまで会話は非常に稀だった。 他似乎是沉默寡言的個性，從認識到現在很少交談。
むごん 【無言】	無言で会釈する (沉默的點頭)	私はきちんと挨拶できたのですが、彼は無言で会釈するだけでした。 我有好好的打招呼，他卻只是沉默的點頭。
	無言の約束 (無言的約定)	私は先生と無言の約束を交わした。 我與老師訂下了無言的約定。
むし 【虫】	虫に刺される (被蟲咬)	虫に刺されて腫れてしまった。 被蟲螫到腫起來了。

關鍵字	搭配詞	例句
	虫に食われる (被蟲咬)	あの本は古くて虫に食われた。 那本書很古老且被蟲咬了。
むし 【無視】	信号を無視する (忽略交通號誌)	信号を無視して運転するのが危険です。 忽略交通號誌開車是很危險的。
	意見を無視する (無視意見)	客の意見を無視するな。 不可以忽略客人的意見。
むじゃき 【無邪気】	無邪気な笑顔 (天眞無邪的笑容)	子供の無邪気な笑顔に癒されている。 被孩子天眞無邪的笑臉給治癒了。
	無邪気に遊ぶ (天眞的玩耍)	小さい子供が公園で無邪気に遊んでいます。 小朋友正在公園天眞的玩耍。
むすぶ 【結ぶ】	リボンを結ぶ (打蝴蝶結)	丁寧に包装紙で包んだあと、リボンを結んで仕上げます。 仔細地用包裝紙包好後，打上蝴蝶結就完成了。
	契約を結ぶ (打契約)	契約を結ぶ場合には、契約書を作成して契約の成立を明確にすべき。 打契約時，要作成契約書使契約明確成立。
むずかしい 【難しい】	難しい仕事 (艱難的工作)	外国人に中国語を教えるのは難しい仕事です。 教外國人中文是一項困難的工作。

ま

關鍵字	搭配詞	例句
	難しい手続き (困難的手續)	この申請は手続きが難しい。 這個申請手續很困難。
むだ 【無駄】	無駄に使う (浪費使用)	ガソリンを無駄に使ってしまった。 白白浪費汽油。
	時間の無駄だ (浪費時間)	そんな本見るだけ時間の無駄だ。 光看那種書是浪費時間。
むちゃ 【無茶】	無茶な話 (豈有此理)	三日はかかる仕事を一日でやれというのは無茶な話だ。 要花三天的工作叫我一天做完簡直是天方夜譚。
	無茶をする (胡鬧)	無茶をしては、体を壊すよ。 你這樣胡鬧會弄壞身體喔。
むちゅう 【夢中】	遊びに夢中だ (熱衷遊戲)	子供は遊びに夢中になって夕食に遅れてしまった。 孩子玩遊戲玩到忘我而延遲吃晚飯。
	アイドルに夢中だ (迷偶像)	彼はアイドルに夢中になっている。 他現在迷戀偶像。
むね 【胸】	胸を張る (抬頭挺胸)	試合に負けても胸を張って故郷に帰る。 即使輸了比賽也要抬頭挺胸回故鄉。

ま

關鍵字	搭配詞	例句
	胸が詰まる (感動)	彼女の思いやりのある言葉に胸が詰まった。 她那貼心的話語令我感動。
むやみ 【無闇】	無闇に薬を飲む (隨便吃藥)	自分で判断して無闇に薬を飲まない。 不要自己判斷隨便吃藥。
	無闇に可愛がる (過度寵愛)	老人は孫どもを無闇に可愛がっている。 老人家過度寵愛孫子們。
むら 【斑】	斑なく (平均)	彼は何事でも斑なくよくできる。 他什麼事情都可以做得很好。
	斑がある (參差不齊)	この学生の成績には斑がある。 這個學生成績忽好忽壞。
むり 【無理】	無理を言う (不講理)	無理を言って申し訳ない。 這麼不講理實在是很抱歉。
	無理がない (理所當然)	彼が怒るのも無理がない。 他會生氣也是應該的。
むりょう 【無料】	無料で配達する (免費配送)	エリア内であれば、ビール1本でも無料で配達してくれる。 若是在區域內，即使是一瓶啤酒也會免費配送。

關鍵字	搭配詞	例句
	無料サービス (免費服務)	弊社はホームページ制作に便利な様々な無料サービスを提供しております。 本公司在製作網頁上提供各種便利的免費服務。
め 【目】	目に残る (殘留在眼裡)	コンタクトのかけらが目に残ってしまった。 隱形眼鏡的碎片留在眼睛裡。
	目に入る (看到)	新聞の見出しが目に入る。 報紙的標題映入眼簾。
めいぎ 【名義】	名義を借りる (借名義)	10年ほど前、マンションを購入するのに弟に名義を借りました。 大約10年前我為了買房子我借了弟弟的名字。
	私の名義 (我的名義)	あいつは私の名義で借金した。 那個傢伙用我的名義借錢。
めいさい 【明細】	明細に記録する (詳細紀錄)	会議を明細に記録する。 詳細紀錄會議。
	費用の明細 (費用明細)	使った費用の明細をちゃんと書く。 要仔細寫已使用的費用明細。
めいぶつ 【名物】	土地の名物 (地方的名產)	駅の近くには、たいていその土地の名物を売る店はある。 車站附近大部分都會有販售該地方特產的商店。

ま

關鍵字	搭配詞	例句
	会社の名物 (公司的活招牌)	あの男は会社の名物だ。 那個男生是公司的活招牌。
めいれい 【命令】	命令を受ける (接受命令)	新入社員や若手は上司から様々な指示や命令を受けることが多い。 新進員工與菜鳥較常接受到主管的各種指示與命令。
	命令を無視する (忽視命令)	車は警官の停止命令を無視して突っ走った。 車子無視警察的停車命令猛然往前開。
めいわく 【迷惑】	迷惑をかける (添麻煩)	留守中、近所の人に随分迷惑をかけた。 我不在家的時候，給鄰居帶來許多麻煩。
	迷惑そうな顔 (為難的表情)	私の依頼に彼女は迷惑そうな顔をした。 她因為我的請求露出為難的表情。
めがね 【眼鏡】	眼鏡を外す (摘掉眼鏡)	水泳の前に、必ず眼鏡を外す。 游泳前我一定會摘掉眼鏡。
	眼鏡を掛ける (戴眼鏡)	初めて眼鏡を掛けるときは、人に見られるのが恥ずかしい。 第一次戴眼鏡時，覺得被人看見很丟臉。

ま

關鍵字	搭配詞	例句
めぐらす 【巡らす】	首を巡らす (轉頭)	男は首を巡らし、列を爲す人々を見やった。 男人轉頭看一眼排隊的人們。
	思いを巡らす (煩惱)	将来の進路について思いを巡らした。 爲了將來的出路我傷腦筋。
めぐる 【巡る】	財産を巡る (圍繞著財産)	あのお金持ちが亡くなったときには子供たちはその財産を巡って争った。 那位有錢人過世時孩子們圍繞著財産爭吵。
	湖を巡る (繞湖)	僕は小さいボートを貸し切って湖を巡ってみた。 我租下一艘小船繞湖一周。
めさき 【目先】	目先を変える (改變目標)	投資の目先を変える。 改變投資的標的。
	目先にちらつく (浮現在眼前)	彼女の面影が目先にちらつく。 她的面貌浮現在眼前。
めざす 【目指す】	勝利を目指す (以勝利爲目標)	初の勝利を目指してテレビの前で大きな声援を送ろう。 以第一次的勝利爲目標在電視前面大聲加油。
	大学を目指す (以上大學爲目標)	大学を目指しているが、やる気がでません。 我雖然以上大學爲目標，可是沒有幹勁。

ま

關鍵字	搭配詞	例句
めずらしい 【珍しい】	珍しい物 (稀有物品)	旅先でちょっと珍しい物を見つけた。 在旅途中發現有點稀有的物品。
	珍しい動物 (稀有動物)	この動物園には珍しい動物がいません。 這個動物園裡沒有稀有動物。
めだま 【目玉】	目玉が飛び出る (眼球掉出來)	目玉が飛び出るほどおいしい。 有趣到眼珠都快掉出來了。
	目玉を食う (責罵)	先生からお目玉を食う。 受到老師的責罵。
めちゃくちゃ 【滅茶苦茶】	滅茶苦茶に面白い (超有趣)	その映画は滅茶苦茶に面白い。 那部電影超有趣。
	家を滅茶苦茶にする (把家裡弄得一團糟)	留守中犬が家を滅茶苦茶にしてしまいました。 外出時，狗把家裡弄得一團糟。
めど 【目処】	目処がつく (有目標)	一定の目処がつくまでに宿題はやっておきます。 作業寫到一定的目標。
	目処が立たない (無線索)	これからどうすべきか目処が立たないんだよ。 我不知道接下來該怎麼做。
めやす 【目安】	目安を立てる (定目標)	仕事の目安を立てる。 定工作的目標。
	目安をつける (推測)	一人あたり三千円と目安をつける。 推測一個人三千日圓。

ま

關鍵字	搭配詞	例句
めりはり	めりはりのない (單調的)	めりはりのない生活を送りたくない。 不想過著單調的生活。
	めりはりをつける (果斷)	調子の良い時間帯に集中して事にめりはりをつける。 在狀況好的時間帶裡集中精神，果斷的處理事情。
めんきょ 【免許】	免許を取る (取得執照)	自動車運転の免許を取る。 取得汽車駕駛執照。
	免許が下りる (許可下來)	営業の免許が下りた。 營業許可下來了。
めんどう 【面倒】	面倒を見る (照顧)	昼間、お母さんは子供の面倒を見てくれている。 白天媽媽幫我照顧小孩。
	面倒を掛ける (添麻煩)	在学中は先生に面倒を掛けてしまった。 念書時給老師帶來麻煩。
めんぼく 【面目】	面目を失う (丟臉)	甘やかされて育った息子のせいで、父親は面目を失った。 父親因為被寵壞的兒子的關係而丟臉。
	面目に関わる (與名譽相關)	そんなことをすれば彼の面目に関わる。 做了那件事會牽扯到名譽。

ま

關鍵字	搭配詞	例句
もうしこみ 【申し込み】	申し込みに応ずる (接受要求)	出展申し込みに応じて主催者で配置を決定する。 接受參展的要求由主辦主決定位置。
	申し込みを受け付ける (接受報名)	定員に達したため、申し込みを受け付けられない。 因爲人員已經達到規定的人數，所以無法接受報名。
もうしわけ 【申し訳】	申し訳がない (抱歉)	両親に対し申し訳がない気持ちで一杯だ。 對父母親有滿滿的歉意。
	申し訳が立たない (無須辯解)	あんたが卒業しなきゃ、お父さんに申し訳が立たない。 如果你不畢業，就對不起父親。
もえる 【燃える】	家が燃える (房子著火)	地震で多くの家が燃えていた。 許多房子因爲地震著火了。
	燃えるような紅葉 (火紅的楓葉)	山が燃えるような紅葉に包まれる。 山被火紅的楓葉包圍著。
もくさん 【目算】	目算を立てる (估計)	一年で完成させようと目算を立てたが、大幅に遅れそうだ。 估計一年內完成，目前看起來會大大地延遲。
	目算が外れる (計畫落空)	売れると思ったが目算が外れた。 原以爲會暢銷，竟然失策了。

ま

關鍵字	搭配詞	例句
もくてき 【目的】	目的を果たす (達到目的)	留学はしたけれども主目的を果たせなかった。 雖然去留學卻沒有達到主要目的。
	目的をはっきりさせる (使目的清楚)	人生の目的をはっきりさせたほうがいい。 最好清楚人生的目的。
もぐる 【潜る】	海に潜る (潛進海裡)	海に潜るためには色々な用具が必要です。 爲了潛到海裡需要各種道具。
	布団の中に潜る (躲到被窩裡)	小さい時から布団の中に潜って寝るのが好きだ。 從小的時候開始就喜歡躲到被窩裡睡覺。
もたせる 【持たせる】	興味を持たせる (使感興趣)	数学に興味を持たせるというのは大変難しい。 讓小朋友對數學感興趣是非常困難的。
	納税者に持たせる (讓納税者負擔)	その費用は納税者に持たせることになる。 那筆費用就變成叫納稅人負擔。
もつ 【持つ】	家を持つ (有自己的房子)	私の夢は家を持つことです。 我的夢想是有自己的房子。
	自信を持つ (有自信)	どんな困難があっても克服できる自信を持っている。 我有無論遇到甚麼困難都能克服的自信。

ま

關鍵字	搭配詞	例句
もったい 【勿体】	勿体をつける (故弄玄虛)	勿体をつけないで早く教えてください。 不要故弄玄虛趕快告訴我。
	勿体ない (可惜)	まだ使えるのに、捨てては勿体ない。 明明還可以用，丟掉好可惜。
もてなし 【持て成し】	客の持て成し (接待客人)	あの旅館の女将は客の持て成しが上手で評判がいい。 那間旅館的女老闆娘很會接待客人評價很好。
	持て成しを受ける (接受招待)	私たちはたいへん親切な持て成しを受け、みんなわが家に帰ったような感じがした。 我們受到非常親切的招待，大家都感覺像回到自己的家一樣。
もどす 【戻す】	元に戻す (回到原點)	借金をクリアしておかしくなってしまった生活を元に戻す。 償還借款後要將走樣的生活恢復到原本的模樣。
	車を戻す (還車)	借りた駐車場まで車を戻す必要がある。 需要將車還到出借的停車場。
もとめる 【求める】	面会を求める (要求會面)	担当者に面会を求めたが断れた。 我要求會面卻被負責人拒絕。

ま

關鍵字	搭配詞	例句
	答えを求める (尋求答案)	すぐ答えを求めるのは、悪い習慣です。 馬上尋求答案是不好的習慣。
もどる 【戻る】	席に戻る (回到座位上)	黒板に問題を解いて席に戻るとき、転げてしまった。 解決黑板上的問題後回座位時，摔了一跤。
	貴重品が戻る (歸還貴重物品)	泥棒に盗まれた貴重品が戻った。 被小偷偷走的貴重物品回來了。
もの 【物】	物を大切にする (珍惜物品)	物を大切にする心を育てる。 培養珍惜物品的心。
	いろいろな物 (各種物品)	この部屋にはいろいろな物がある。 這個房間裡有各種物品。
ものいい 【物言い】	物言いが柔らかい (說詞委婉溫和)	もう少し柔らかい物言いを心がけると、周囲からも今以上に慕われ、次第に評価も上がっていきます。 若再多注意溫和委婉的用詞，周圍的人會比現在更加敬仰你，評價也會漸漸上揚。
	物言いに気をつける (注意措詞)	大人ですから物言いは気をつけるべきですよね。 已經是大人了應該要注意措詞。
ものがたり 【物語】	物語を話す (說故事)	子供に物語を話して聞かせる。 說故事給小朋友聽。

ま

221

關鍵字	搭配詞	例句
	物語が伝わる (流傳著傳説)	この桜の木にはこんな物語が伝わっている。 這株櫻花樹流傳著這種傳説。
もむ 【揉む】	肩を揉む (按摩肩膀)	肩を揉んでもらうと気持ちがいいですね。 請人按摩肩膀很舒服。
	目を揉む (揉眼睛)	猫が寝る時、両手で目を揉むしぐさをします。 貓睡覺時，會做出用雙手揉眼睛的動作。
もよう 【模様】	模様を付ける (加上花紋)	図形に色や模様をつけます。 在圖形上面加上顏色與花紋。
	模様を語る (述説情形)	私はブロックで留学生活の模様を語っている。 我在部落格上面述説留學生活的情形。
もよおす 【催す】	吐き気を催す (想吐)	レストランの不潔な皿に私達は吐き気を催させられた。 餐廳不乾淨的盤子令我們想吐。
	送別会を催す (舉辦送別會)	田中さんのために送別会が催された。 爲了田中先生舉辦了送別會。
もらう 【貰う】	給料を貰う (領薪水)	2週間働いて200万の給料を貰う。 工作了兩個禮拜得到兩百萬的薪水。

ま

關鍵字	搭配詞	例句
	賞を貰う (得獎)	彼はこの発明でノーベル賞を貰った。 他因爲這項發明而得到諾貝爾獎。
もらす 【漏らす】	用件を漏らす (遺漏要事)	用件を漏らさないようにメモをとる。 請記錄下來以免漏掉事情。
	辞意を漏らす (透露出辭意)	部長はそれとなく辞意を漏らした。 部長無意間透露出辭意。
もれる 【漏れる】	水が漏れる (漏水)	蛇口をしめても、水がポタポタ漏れて止まらない。 即使關上水龍頭，水還是會一滴一滴地漏不停。
	名前が漏れる (洩漏名字)	大事な名前が漏れている。 洩漏出重要的名字。
もんく 【文句】	文句を言う (發牢騷)	食事費にブツブツ文句を言うケチな彼。 他很小氣對餐費發牢騷。
	文句がない (沒有意見)	この曲は文句がないほど完璧だ。 這首曲子完美到無懈可擊。

ま

關鍵字	搭配詞	例句
やかましい 【喧しい】	食べ物に喧しい (挑食)	彼は食べ物に喧しくない。 他不挑食。
	礼儀に喧しい (在意禮儀)	彼の両親は子供の礼儀に喧しい人です。 他的父母親是很在意小朋友禮儀的人。
やく 【焼】	肌を焼く (曬黑)	わざわざ日焼けサロンで肌を焼く若者なども多くなったようです。 特地在日曬沙龍將皮膚曬黑的年輕人似乎變多了。
	餅を焼く (烤年糕)	お正月には、日本人はよく餅を焼く。 日本人在新年時經常烤年糕。
やく 【役】	役につく (擔任職務)	彼は工場で何の役についているんですか。 他在工廠擔任什麼樣的職務呢？
	役に立つ (有用)	役に立つ豆知識を紹介します。 介紹有用的小知識。
	役を務める (擔任職務)	ゲームメーカーとの交渉役を務めた。 我擔任與遊戲廠商交涉的職務。

關鍵字	搭配詞	例句
やくそく 【約束】	約束を守る (遵守約定)	絶対に約束を守ることを誓う。 我發誓絕對會遵守約定。
	約束を交わす (定下約定)	彼と私が約束を交わした。 他與我訂下約定。
やくわり 【役割】	役割を決める (決定任務)	活動が始まる前に、誰がどの企画を行うか、などの役割を決める。 活動開始前，決定誰執行哪個計畫等任務。
	役割を演じる (扮演角色)	職場では自分の役割を上手に演じる。 在職場巧妙的扮演自己的腳色。
やさしい 【優しい】	優しい声 (溫柔的聲音)	彼は顔に似合わず優しい声で話している。 他以跟他長相不合的溫柔聲音講話。
	旅人に優しい (對旅客親善)	旅人に優しい旅館を紹介します。 介紹一間對旅客友善的旅館。
やしなう 【養う】	祖母に養われる (受到祖母扶養)	幼い時から祖母に養われた。 從小就由祖母扶養。
	習慣を養う (養成習慣)	子供頃から良い習慣を養う。 從小時候就要養成良好習慣。
やすい 【安い】	値段が安い (價格便宜)	この店はあの店より値段が安い。 這間店的價格比那間店便宜。

や

225

關鍵字	搭配詞	例句
	安い給料 （薪水很低）	給料が安くて貯金できない。 薪水很低無法存錢。
やすみ 【休み】	休みを取る （請假）	今週から2か月間休みを取る予定だ。 預計從這禮拜開始休兩個月的假。
	休みを過ごす （過假日）	有意義な休みを過ごした。 度過了一個有意義的假日。
やすむ 【休む】	学校を休む （向學校請假）	風邪で明日学校を休む。 因爲感冒明天學校請假。
	会社を休む （向公司請假）	体調が悪くて会社を休んだ。 身體不舒服向公司請假。
やっかい 【厄介】	厄介になる （成爲負擔）	年をとっても子供の厄介になるつもりはない。 縱使上了年紀也不想成爲小孩的負擔。
	厄介をかける （添麻煩）	自分のことで、他人に厄介をかけたくない。 不想因爲自己的事情而給他人添麻煩。
やぶる 【破る】	約束を破る （爽約）	度々約束を破ったら、信用を失ってしまうのです。 屢次不遵守約定的話就會失去信用。
	記録を破る （破紀録）	この記録は当分破られそうもない。 這個紀録看來暫時破不了。

や

226

關鍵字	搭配詞	例句
やま 【山】	山に登る (爬山)	父は山に登るのが好きです。 爸爸喜歡爬山。
	山を越す (度過關卡)	この企画も山を越したから、あとはきみたちに任せるよ。 這個計劃已經度過關卡了，剩下的就交給你們了。
やまい 【病】	病に倒れる (病倒)	林さんはいきなり病に倒れた。 林先生突然病倒了。
	病を癒す (治癒疾病)	愛が病を癒してくれた。 愛治癒疾病。
やみ 【闇】	闇に包まれる (被黑暗包圍)	日が落ちてあたりは次第に闇に包まれた。 太陽下山了四周漸漸的被黑暗包圍。
	闇に消える (消失在黑暗裡)	大事な税金が闇に消えてしまう。 重要的税金就在消失在黑暗裡了。
やむ 【止む】	雨が止む (雨停)	雨が止んでから出かけよう。 雨停再出門吧。
	騒ぎが止まない (不停吵鬧)	隣室の騒ぎはいつまでも止まない。 隔壁房間的吵鬧沒完沒了。
やめる 【止める】	旅行を止める (停止旅行)	最近、中国へ旅行を止める人は急に増えた。 最近停止去中國旅行的人突然增加了。

關鍵字	搭配詞	例句
	タバコを止める (戒菸)	健康のためにタバコを止めたほうがいいです。 為了健康還是戒菸比較好。
やりとり 【遣り取り】	遣り取りが激しい (爭論激烈)	尖閣諸島をめぐり激しい遣り取りがあった。 圍繞著釣魚台展開激烈的爭論。
	手紙の遣り取りをする (書信往來)	彼とは5年間手紙の遣り取りをしている。 我與他書信往來五年了。
やる 【遣る】	水を遣る (澆水)	バラに水を遣る。 給玫瑰花澆水。
	小遣いを遣る (給零用錢)	子どもに小遣いを遣る。 給小孩子零用錢。
やわらかい 【柔らかい】	柔らかい色 (柔和的顏色)	家具は柔らかい色が好きだ。 我喜歡顏色柔和的家俱。
	体を柔らかくする (使身體柔軟)	泳ぐ前に体操をして体を柔らかくしなさい。 游泳前請做體操使身體柔軟。
やわらぐ 【和らぐ】	怒りが和らぐ (消除怒氣)	私に対する彼の怒りは和らいでいない。 他對我的怒氣未消。
	空気が和らぐ (氣氛和緩)	見かけの空気は和らいだ。 表面上的氣氛和緩了。

や

關鍵字	搭配詞	例句
やわらげる 【和らげ る】	態度を和らげる (使態度放軟)	ワインを1杯飲んだ後、彼は少し態度を和らげた。 喝了一杯酒後，他的態度有放軟一點。
	緊張を和らげる (舒緩緊張)	呼吸で緊張を和らげることができます。 呼吸可以舒緩緊張。
やんわり	やんわりと注意する (委婉警告)	子供たちはいたずらをしているので、やんわりと注意しないと。 小朋友們正在惡作劇，不婉轉警告的話是不行的。
	やんわりと断る (婉轉拒絕)	上司に頼まれた仕事をやんわりと断る。 婉轉拒絕主管拜託的工作。
ゆうい 【優位】	優位に立つ (立於優勢)	コラボレーションを利用して優位に立つ。 利用合作關係立於優勢。
	優位を保つ (保持優勢)	その企業は様々な困難を乗り越えて、競争優位を保つことができた。 那間企業超越各種困難保住競爭優勢。
ゆうえき 【有益】	健康に有益だ (對健康有益)	スポーツは健康に有益だ。 運動對健康有益。

や

關鍵字	搭配詞	例句
	有益に使う (有意義的使用)	お金を有益に使うべき。 應該要有意義的使用金錢。
ゆうき 【勇気】	勇気を出す (鼓起勇氣)	彼女は勇気を出して告白した。 她鼓起勇氣告白了。
	勇気を失う (失去勇氣)	最初の失敗で彼は勇気を失った。 他因為最初的失敗而失去勇氣。
ゆうこう 【有効】	有効な手段 (有效的手段)	この有効な手段をいまだに十分発揮できていない。 目前還無法有效發揮這個方法。
	有効に過す (有效地度過)	私は休暇を有効に過ごしたい。 我想要有效地度過休假。
ゆうじょう 【友情】	厚い友情 (深厚的友情)	彼には厚い友情を持っている。 我對他有深厚的友情。
	友情が芽生える (萌生友情)	その時、二人の間に師弟を越えた友情のようなものが芽生えた。 那時候那兩人之間萌生超過師徒的友情。
ゆうどう 【誘導】	先生に誘導される (受到老師的引導)	地震のとき、先生に誘導されて避難する。 地震時，大家由老師引導避難。
	安全な場所に誘導する (帶領到安全的地方)	学生達を安全な場所に誘導する。 將學生帶領到安全的地方。

や

關鍵字	搭配詞	例句
ゆうびん 【郵便】	郵便を出す (寄信)	海外に郵便を出す。 寄信到海外。
	郵便が遅れる (信件延遲)	台風で郵便が遅れた。 因為颱風信件延遲了。
ゆうわく 【誘惑】	誘惑に負ける (輸給誘惑)	大抵の凡人は、短期的な利益の誘惑に負けます。 大部分的凡人都會輸給短期利益的誘惑。
	友達に誘惑される (受朋友引誘)	彼は悪い友達に誘惑されてタバコを吸い始めた。 他受到壞朋友的引誘開始抽菸。
ゆきづまる 【行き詰まる】	仕事が行き詰まる (工作停滯)	仕事が行き詰まったら、同僚や友達に相談してみましょう。 工作停滯時，可以試著跟同事與朋友商量看看。
	交渉が行き詰まる (交涉停滯)	信念を持つだけでは、交渉は行き詰まる。 只是堅持信念，交涉會停滯不前。
ゆずる 【譲る】	席を譲る (讓坐)	高齢者に席を譲るべき。 應該讓座給老年人。
	首位を譲る (讓出首位)	サムスンがアップルに首位を譲る。 三星將龍頭寶座讓給蘋果。

や

關鍵字	搭配詞	例句
ゆたか 【豊か】	豊かな才能 (豊富的才能)	彼には生まれながらの豊かな才能がある。 他擁有與生俱來的豐富才能。
	豊かに実る (豐碩結果)	土が肥えて豊かに実る。 土地肥沃結成豐碩的果實。
ゆび 【指】	指を差す (用手指物)	人に指を差す行為は失礼です。 用手指著他人的行為很失禮。
	指を折る (首屈一指)	彼は画家としては一番に指を折る大家。 他是首屈一指的畫家大師。
ゆめ 【夢】	夢を見る (做夢)	昨日怖い夢を見た。 昨天做了惡夢。
	夢を叶える (實現夢想)	努力してついに夢を叶えた。 努力後終於實現夢想。
ゆるい 【緩い】	ズボンが緩い (褲子變鬆)	体重変わらないけどズボンが緩くなった。 體重沒有變褲子卻變鬆了。
	取り締まりが緩い (取締寬鬆)	最近この辺りは交通の取り締まりが緩い。 最近這附近的交通取締很寬鬆。
ゆるす 【許す】	失敗を許す (允許失敗)	間違いや失敗を許す余地があります。 有可允許錯誤與失敗的餘地。

や

關鍵字	搭配詞	例句
	気を許す (鬆懈)	ちょっと気を許したためにこんなことになってしまった。 因為有點鬆懈，事情才會變成這樣。
ゆるめる 【緩める】	表情を緩める (放鬆表情)	表情を緩めることで自然とリラックスでき、明るい気持ちになれます。 透過放鬆表情可以自然的放鬆，恢復快活的心情。
	気を緩める (疏忽)	もうすぐ試験だから今ここで気を緩めるわけにはいかない。 因為快要考試了，所以這時候不可以疏忽大意。
ゆれる 【揺れる】	心が揺れる (內心動搖)	息子を信じる父親の心は揺れることがなかった。 父親相信兒子的心從未動搖過。
	車が揺れる (車子搖晃)	エンジンの調子が悪いのか車が揺れている。 引擎的狀況似乎不好，車子在搖晃。
よい 【良い】	目に良い (對眼睛好)	暗いところで本を読むのは目に良くない。 在昏暗的地方看書對眼睛不好。
	良く知っている (熟悉)	私は彼を良く知っている。 我很了解他。

や

關鍵字	搭配詞	例句
よう 【酔う】	車に酔う (暈車)	車に酔って吐き気がする。 暈車想吐。
	お酒に酔う (酒醉)	夕べお酒に酔ったから爆睡した。 昨晩因爲喝醉而睡到不省人事。
よう 【用】	用がある (有事)	用があるので行けません。 因爲有事所以不能前往。
	用を足す (辦事)	英語で用が足せるか。 能夠用英文辦事嗎？
ようい 【用意】	食事の用意 (準備餐點)	自分だけの食事の用意をしては失礼です。 只準備自己的餐點是很失禮的。
	弁当を用意する (準備便當)	お母さんはいつも弁当を用意してくれます。 媽媽總是幫我準備便當。
ようきゅう 【要求】	要求を提出する (提出要求)	労働組合は会社に要求を提出した。 工會對公司提出要求。
	要求を受け入れる (接受要求)	不当な要求を受け入れられない。 無法接受不正當的要求。
ようけん 【用件】	用件を切り出す (提出事情)	挨拶抜きでいきなり用件を切り出した。 沒有打招呼直接談要事。

や

關鍵字	搭配詞	例句
	用件をメモする (記下要事)	忘れないように用件をメモした。 我記下要事才不會忘記。
ようじ 【用事】	用事がある (有要事)	父は急ぎの用事があるので出かけた。 父親因為有緊急的事情外出了。
	用事を済ませる (辦完事情)	上司から言い付かった用事を済ませた。 辦完上司交代的事情。
ようす 【様子】	様子を見る (觀看情況)	物事がうまくいかないとき、無理に事を進めようとしないで、様子を見ることも必要です。 當事情進展不順利時，不要勉強地進行，必須要觀看情況。
	様子を探る (探口風)	喧嘩後、彼は私の様子を探る。 吵架後，他會來探我的口風。
ようやく	ようやく間に合う (終於趕上)	徹夜を繰りかえしてようやく間に合った。 熬了幾天的夜終於趕上了。
	天気がようやく暖かくなる (天氣終於變暖了)	今年のGWは例年になく寒い日が続き、最近では天気がようやく暖かくなってきました。 今年的黃金周持續好幾天比往年還冷，最近天氣終於變暖了。

や

235

關鍵字	搭配詞	例句
ようりょう 【要領】	要領を得る (得到要領)	短時間で要領を得るのは結構難しいです。 在短時內得到要領是很困難的。
	要領を掴む (抓住要領)	要領を掴むまで時間が掛かる。 直到抓住要領是需要時間的。
よかん 【予感】	予感が的中する (應驗)	嫌な予感は的中してしまいました。 討厭的預感竟然應驗了。
	予感がする (有預感)	今日はいいことが起こりそうな予感がする。 預感今天應該會發生好事。
よく 【欲】	欲が深い (欲望很深)	彼は欲の深くてその報酬には決して満足しなかった。 他的慾望很深，絕對不會滿足那份報酬。
	欲に目がくらむ (利慾薰心)	詐欺を犯す輩が悪いのですが、欲に目がくらんだ自分も少しは反省すべき。 詐欺犯雖然惡劣，但是利慾薰心的自己也應該要些反省。
よけい 【余計】	余計な心配 (多餘的擔心)	両親に余計な心配をかけさせたくない。 不想要讓父母親操太多的心。
	余計に勉強する (格外唸書)	他人より余計に勉強する。 他比別人還努力用功。

や

236

關鍵字	搭配詞	例句
よこ【横】	横になる (就寝)	夜10時に横になる。 晚上十點就寢。
	横を向く (轉邊)	彼女は私の言い訳に耳を貸さず横を向いた。 她不聽我的解釋，把臉轉向一邊。
よごす【汚す】	服を汚す (用髒衣服)	子供は泥んこ遊びをして服を汚してしまった。 小朋友玩泥巴把衣服用髒了。
	本を汚す (把書本弄髒)	その本を汚さないように扱ってくれるなら、貸してあげるよ。 如果不會把這本書弄髒的話，我就借你。
よせる【寄せる】	手紙を寄せる (寄信)	同僚よりお見舞いのお手紙が寄せられました。 同事寄給我問候的信。
	好意を寄せる (寄予好感)	友達から好意を寄せられた。 朋友對我表達好感。
よそう【予想】	予想が外れる (預測失準)	大雪の予想が外れた。 大雪預報失準。
	予想がつく (推測)	今後の為替レートが安くなるか高くなるかの予想がつきにくい。 很難推測今後的匯率是會變低或變高。

や

關鍵字	搭配詞	例句
よそおう 【装う】	留守を装う (假裝不在)	留守を装って応答しない。 假裝不在不回應。
	社員を装う (裝成員工)	最近、社員を装い、金銭等をだましとる悪質な事件が発生しています。 最近發生假裝員工騙取金錢等惡劣的事件。
よぶ 【呼ぶ】	医者を呼ぶ (叫醫生)	すぐに医者を呼んでくれ、でないと患者はもっと悪くなるかも知れない。 趕快叫醫生，不然這位病患病情可能會惡化。
	人気を呼ぶ (受歡迎)	これは最近台湾で人気を呼ぶ映画です。 這部是最近在台灣受歡迎的電影。
	名前を呼ぶ (叫名字)	学生時代、教室で先生に名前を呼ばれたくなかった。 學生時代很不想在教室被老師點到名。
よむ 【読む】	心を読む (體察心思)	初対面の相手の心を読む。 觀察初次見面的人的心思。
	手紙を読む (讀信)	結婚式にて花嫁が親に手紙を読む時、必ずといっていいほど泣くと思います。 結婚典禮上新娘念信給父母親時，是一定會哭的。

關鍵字	搭配詞	例句
よる 【拠る】	天気予報に拠る (根據天氣預報)	天気予報に拠ると明日は晴れるそうです。 根據天氣預報聽説明天是晴天。
	労働に拠る (藉由勞動)	労働に拠って収入を得る。 藉由勞動賺取收入。
よわい 【弱い】	気が弱い (懦弱)	私は気が弱いので、学校でも職場でも、ずっといじめられてきました。 由於我很懦弱，無論在學校還是職場總是受到欺負。
	熱に弱い (不耐熱)	インフルエンザに限らず、ウイルスは熱に弱いです。 不只流感，細菌都很不耐熱。
	英語に弱い (不擅長英文)	私は小さい頃から英語に弱い。 我從小就不擅長英文。
よわみ 【弱み】	弱みを握る (掌握弱點)	弱みを握られているので彼の言うとおりにしなければならない。 因爲被抓到弱點所以必須要按照他説的去做。
	弱みを見せる (暴露弱點)	昔から、見栄っ張りで、強がりで、人に弱みを見せられない性格です。 我的個性從以前就是講排場、逞強、不把弱點曝露在他人面前。

や

關鍵字	搭配詞	例句
らく 【楽】	楽に勝つ (輕鬆獲勝)	勝負は楽に勝つことがポイント。 勝負的重點在於輕鬆獲勝。
	楽な生活 (悠閒的生活)	両親に楽な生活をさせてあげたい。 我想讓父母親悠閒過生活。
らっかんてき 【楽観的】	楽観的に考える (樂觀思考)	私は悲観思考をする傾向があり、もっと楽観的に考える人間だになりたい。 我有悲觀思考的傾向，想要成為能更樂觀思考的人。
	楽観的な人 (樂觀的人)	彼女は陽気で楽観的な人です。 她是一位活潑又樂觀的人。
らんぼう 【乱暴】	乱暴な字 (字很潦草)	いくら内容が素晴らしくても、紙に書く場合、あまりに小さい字や薄い字、乱暴な字は評価を落としがちです。 無論內容多精彩，書寫時，太小或太潦草的字容易拉低評價。
	乱暴な行動 (粗魯的行動)	息子が学校の男の子に乱暴な行動を受けて学校に行かなくなった。 兒子在學校受到男同學欺負而變得不去上學。

關鍵字	搭配詞	例句
りえき 【利益】	利益に反する (違反利益)	会社の利益に反する行為をしてはならない。 不可以做出違反公司利益的行為。
	利益を図る (圖謀利益)	お客さんの利益を図ることは私の仕事です。 替顧客謀利益是我的工作。
りかい 【理解】	理解に苦しむ (令人難以理解)	彼の行動は理解に苦しむ。 他的行為令人難以理解。
	理解が足りない (理解不足)	相手に対して理解が足りない。 對於對方的理解不夠。
りくつ 【理屈】	理屈がある (有理由)	自分なりの理屈はあるんです。 我有自己的理由。
	理屈をつける (找藉口)	色々な理屈をつけて、指示に従わなかったり、人の意見を受け入れなかったりしていた。 他找了許多藉口，不聽從指示或不接受他人的意見。
りこう 【利口】	利口になる (增長見識)	おかげでひとつ利口になった。 多虧你我又增長了一分見識。
	利口な子供 (機靈的小孩)	彼は利口な子供には見えなかった。 他看起來不像是機靈的小孩。

ら

關鍵字	搭配詞	例句
りせい 【理性】	理性を失う (失去理性)	他人に対しては冷静な判断ができるのに、自分のこととなると理性を失うようです。 明明對其他人可以冷靜地判斷，一遇到自己的事情就會失去理性。
	理性に勝つ (戰勝理性)	ダイエットをしているのに、理性に食欲が勝ってケーキを食べてしまった。 明明正在減肥，食慾戰勝理性不小心吃了蛋糕。
りっきゃく 【立脚】	この説に立脚する (根據這個説法)	裁判はこの説に立脚して明快に解説した。 法官根據這個説法明快的解釋。
	事実に立脚する (根據事實)	それは事実に立脚した議論だった。 那是一個根據事實的爭論。
りっぱ 【立派】	立派な青年 (有爲青年)	その少年は成長して立派な青年になりました。 那位少年長大後成爲一位有爲青年。
	立派な成績 (亮眼的成績)	彼は試験で立派な成績を取った。 他在考試取得亮眼的成績。

ら

關鍵字	搭配詞	例句
りねん 【理念】	理念に拘る (拘泥理念)	自分が起業すると心に決めてからは、社長が経営理念に拘っていた理由が少しずつですが、理解できるようになってきました。 自從決定自己創業後，漸漸地理解社長拘泥於經營理念的理由。
	理念を持つ (擁有理念)	仕事に対して同じ理念を持つ仲間がほしい。 想要有對同事有相同理念的夥伴。
りふじん 【理不尽】	理不尽な事 (不講理的事情)	職場では、そんな理不尽な事が頻繁に起きたりするもの。 在職場上頻繁發生那種不講理的事情。
	理不尽に人を殴る (不講理地打人)	高校の時部活の先輩に理不尽に殴られてから学校へ行きたくなったことがある。 高中時被社團的前輩不講理地打了一頓後變得不想上學。
りゆう 【理由】	理由をつける (找理由)	何かと理由をつけて学校を休む。 她總是找理由向學校請假。
	理由を言う (說藉口)	なぜそうしたか理由を言いなさい。 請說為什麼要如此做的理由。
りゅうこう 【流行】	流行を追う (追求流行)	彼女はいつも流行を追っている。 她總是追求流行。

ら

關鍵字	搭配詞	例句
	伝染病が流行する (流行傳染病)	あの国では各地に種々の伝染病が流行している。 那個國家各地流行著各種傳染病。
りょう 【利用】	資源を利用する (利用資源)	貴重な資源を有効に利用する。 有效利用珍貴的資源。
	サービスを利用する (利用服務)	ユーザーが本サービスを利用して宿泊予約を行う。 使用者利用此項服務預約住宿。
りょうかい 【了解】	了解を求める (徵求理解)	人物を撮影するときは必ず了解を求めてから。 拍攝人物時必須要先徵求理解。
	了解を取り付ける (取得諒解)	実際に起こった事件を小説や映画にする前に本人の了解を取り付けているはずです。 將實際發生過的事件作爲小說與電影前應該得到本人的諒解。
りょうきん 【料金】	料金を取る (收費)	休日でも駐車料金を取る。 假日也要收停車費。
	料金を上げる (降低費用)	電気料金を上げることによって節電を達せいできるか。 漲電費真的能夠達到省電嗎？
りょうけん 【了見】	悪い了見 (壞念頭)	悪い了見を持ってるというのは、一番いけませんわね。 心懷惡念是最不好的。

ら

關鍵字	搭配詞	例句
	了見が狭い （心胸狹窄）	彼は長い間外国に住んでいた人なのに、こんなに了見が狭いとは想像もしませんでした。 他明明是一位長年住在國外的人，無法想像他的心胸如此狹窄。
りょうしょう 【了承】	了承を得る （得到同意）	同棲をするなら親の了承を得ておく。 如果要同居，要先得到父母親的同意。
	了承を請う （請求諒解）	お集まりのみなさまにご了承を請う。 向聚集的各位請求諒解。
りょうて 【両手】	両手を広げる （張開雙手）	彼女は両手を広げて私たちを出迎えた。 她張開雙手來迎接我們。
	両手をあげる （舉雙手）	赤ちゃんは寝るときよく両手をあげる。 嬰兒睡覺時時常舉起雙手。
りょうり 【料理】	料理が得意だ （擅長料理）	最近、料理が得意な男は増えたそうです。 最近似乎擅長料理的男生變多了。
	料理を出す （上菜）	彼のお母さんは食べきれないほど料理を出した。 他的媽媽端出吃不完的料理。

關鍵字	搭配詞	例句
りょこう 【旅行】	旅行に出かける (出發去旅行)	退職を機に、夫婦で旅行に出かけたい。 以退休爲契機想要夫妻一起去旅行。
	身軽な旅行 (輕便的旅行)	バッグひとつ担いでふらっと身軽な旅行に出かけたい。 我想要只揹一個包包輕鬆的旅行。
りれき 【履歴】	履歴に傷がつく (履歴有瑕疵)	履歴に傷が付くと就職は無理なのでしょうか。 履歴上有瑕疵是不是就很難找工作?
	立派な履歴を持つ (擁有出色的履歴)	どんなに立派な履歴を持っている人でも、書類選考で落ちることがあります。 無論是擁有多出色履歴的人也會在書面審查時落選。
りんじ 【臨時】	臨時収入 (臨時的收入)	私は臨時収入があったら、生活費に回す。 我如果有臨時的收入就挪到生活費。
	臨時に人を増やす (臨時增加人手)	仕事が多すぎだから、臨時に人を増やした。 因爲工作過多所以臨時增加人手。

ら

關鍵字	搭配詞	例句
るす 【留守】	留守を頼む (請求看家)	ちょっと明日から 長期出かけるので留守を頼みたい。 從明天起我會長期不在家，麻煩幫我看家。
	留守になる (忽略)	仕事が忙しくて家事がお留守になる。 工作忙而沒時間做家事。
れい 【礼】	礼を欠く (缺乏禮儀)	彼女の振る舞いは礼を欠いている。 她的行為舉止缺乏禮儀。
	礼を失わない (不失禮節)	被災者に対する思いやりを失わず、さらには亡くなられた人に対しても礼を失わない。 不失對受災戶的體貼，更不可以失去對罹難者的禮節。
れい 【例】	例をあげる (舉例)	避難の重要性について例をあげて説明します。 將舉例說明關於避難的重要性。
	例になる (成為例子)	おそらく全国で最初の試みで成功例になるでしょう。 或許這將會成為一個全國第一個嘗試的成功例子吧。
れいせい 【冷静】	冷静に考える (冷靜的思考)	大事な問題だから冷静に考えるべき。 因為是一個重大的問題，應該要冷靜思考。

ら

關鍵字	搭配詞	例句
	冷静な態度 (れいせい たいど) (冷靜的態度)	彼はいつでもその冷静な態度を失わない。(かれ / れいせい たいど / うしな) 他總是不失冷靜的態度。
れきし 【歴史】	古い歴史がある (ふる れきし) (具有古老的歷史)	杉本寺は鎌倉で最も古い歴史のあるお寺です。(すぎもとてら / かまくら / もっと / ふる れきし / てら) 杉本寺是一間在鎌倉具有最古老歷史的寺廟。
	歴史に残る (れきし のこ) (留名青史)	その出来事は歴史に残るでしょう。(できごと / れきし のこ) 那件事件應該會留名青史吧。
れつ 【列】	列を乱す (れつ みだ) (插隊)	列を乱すような行為は非常に無礼な行ないとされる。(れつ みだ / こうい / ひじょう / ぶれい / おこ) 插隊的行為是非常沒有禮貌的。
	列を作る (れつ つく) (排隊)	列を作って電車に乗ってください。(れつ つく / でんしゃ / の) 請排隊搭乘電車。
れんか 【廉価】	廉価で販売する (れんか はんばい) (廉價出售)	当店ではカメラを廉価で販売しています。(とうてん / れんか はんばい) 本店廉價出售相機。
	廉価な商品 (れんか しょうひん) (廉價的商品)	あの店は家庭用の廉価な商品から、業務用まで豊富なアイテムを取り揃えています。(みせ / かていよう / れんか しょうひん / ぎょうむよう / ほうふ / と そろ) 那間店商品齊全從家庭用的廉價商品到業務用的商品都有。

ら

關鍵字	搭配詞	例句
れんしゅう 【練習】	バイオリンを練習する (練習小提琴)	彼女は毎日バイオリンを練習している。 她每天都在練習小提琴。
	練習を始める (開始練習)	今週からマラソンの練習を始める予定です。 我打算從這禮拜開始練習馬拉松。
れんぞく 【連続】	休みが連続する (連續休假)	今年のお正月の休みは一週間連続する。 今年過年的休假連續一個禮拜。
	火事が連続する (連續發生火災)	放火と疑われる火事が連続して発生した。 最近連續發生被懷疑是放火的火災。
れんはつ 【連発】	あくびを連発する (連續打哈欠)	私は時々あくびを連発して涙を流し続けます。 我有時候會連續打哈欠、持續流眼淚。
	冗談を連発する (接連開玩笑)	あの先生は普段は冗談を連発するが、講習は厳しく中身は濃い。 那位老師平常接連開玩笑，上課卻很嚴屬、內容很豐富。
れんらく 【連絡】	連絡を取る (取得聯絡)	我々の問題は彼といかに連絡を取るかだ。 我們的問題是要如何跟他取得聯絡。

ら

關鍵字	搭配詞	例句
	連絡を断つ (切斷聯絡)	別れた恋人との一切の連絡を断つ。 與分手的戀人斷絕一切的聯絡。
ろうそく 【蠟燭】	蠟燭をともす (點蠟燭)	北欧では蠟燭をともす生活が日常だそうです。 在北歐聽説平時會點蠟燭。
	蠟燭を吹き消す (吹熄蠟燭)	女はバースデーケーキの上の蠟燭をみんな吹き消した。 女生將生日蛋糕上的蠟燭全部吹熄。
ろうひ 【浪費】	精力を浪費する (浪費精力)	同時に多くの事柄にかかわって精力を浪費した。 同時牽扯到許多事情浪費精力。
	エネルギーを浪費する (浪費能源)	エネルギーを浪費して環境に優しくない。 浪費能源對環境一點都不好。
ろうりょく 【労力】	労力を要する (需要勞力)	そのプロジェクトには多大な時間と労力を要する。 那個計畫需要龐大的時間與勞力。
	労力を提供する (提供勞力)	ボランティア活動を支えるのは、時間や労力を提供する気持ちである。 支援義工活動的是抱著提供時間與勞力的心情。

ら

關鍵字	搭配詞	例句
ろこつ 【露骨】	露骨に言う (露骨地説)	他人の欠点を露骨に言うのはやめたほうがいい。 別露骨地説出他人的缺點。
	露骨な悪意 (明顯的惡意)	この文章にはとても露骨な悪意が仕込まれていました。 這個文章充滿著非常明顯的惡意。
ろんがい 【論外】	論外の意見 (不相干的事)	彼らは論外の意見を話し合っている。 他們在商量不相干的事。
	論外に置く (不值得一提)	他の事情は論外に置く。 其他的事情不值得一提。
ろんり 【論理】	論理が通じる (合邏輯)	あなたの主張は論理が通じない。 你的主張不合邏輯。
	論理を無視する (忽視道理)	彼は論理を無視してまで控訴を強行した。 他忽視道理強行控訴。

ら

わ

關鍵字	搭配詞	例句
わいろ 【賄賂】	賄賂を使う (使用賄絡)	運転免許書をとるために賄賂を使って逮捕された。 爲了取得駕照進行賄絡而被逮捕。
	賄賂を受ける (接受賄絡)	あの公務員は賄賂を受けた罪を犯した。 那位公務人員犯了接受賄絡的罪。
わかい 【若い】	気持ちが若い (心情年輕)	気持ちが若いと外見も実年齢よりも若く見えたりする。 心情一年輕，外表就會看起來比實際年齡還年輕。
	年が若い (年紀年輕)	年が若いのだから，当然より多くの事をやるべきだ。 因爲你比較年輕，當然要做比較多事情。
わかす 【沸かす】	風呂を沸かす (燒洗澡水)	日本で、お風呂を沸かす燃料は、地域によって違うそうです。 在日本聽説燒洗澡水的燃料因地域而異。
	観衆を沸かす (使觀眾情緒高漲)	今夜の試合は4万人の観客を沸かした戦いでした。 今晚的比賽是一場使四萬人觀眾情緒沸騰的戰役。

關鍵字	搭配詞	例句
わがまま 【我儘】	我儘な子 (任性的孩子)	親なら誰しも、我儘な子に育って欲しくはないですよね。 父母親無論是誰都不想將小孩養育成任性的孩子。
	我儘を言う (說任性的話)	彼氏に我儘ばかり言って困らせた。 對男朋友説些任性的話令他感到困擾。
わかり 【分かり】	分かりが良い (通情達理)	お父さんは厳しいですが半面分かりが良い。 父親雖然嚴格另一方面卻很通情達理。
	分かりが早い (理解得快)	彼は分かりが早い。 他理解問題很快。
わかる 【分かる】	真相が分かる (了解眞相)	その翌日になって始めて事件の真相が分かった。 隔天才首次了解事情的眞相。
	意味が分かる (了解意義)	辞書を開いて例文などを読んでやっと文章の意味が分かった。 打開字典看了例句等終於了解文章的意義。
わかれ 【別れ】	別れを告げる (告辭)	彼氏をなるべく傷つけずに別れを告げた。 盡可能不傷害男朋友地分手。

わ

關鍵字	搭配詞	例句
	別れを惜しむ (依依不捨)	駅や空港などで、別れを惜しんでイチャイチャしているカップルをよくみかける。 經常在車站與機場看到依依不捨的情侶。
わかれる 【分かれる】	意見が分かれる (意見分歧)	リフォームについて、意見が分かれて困っています。 關於整修，由於意見分歧而感到困擾。
	二手に分かれる (兵分二路)	警察は二手に分かれて犯人を追った。 警察兵分二路追犯人。
わき 【脇】	脇に抱える (夾在腋下)	本を脇に抱えて歩きます。 將書夾在腋下行走。
	脇に置く (擱在一旁)	自分の事を脇に置き、相手の話に耳を傾ける。 將自己的事擱在一旁，傾聽對方談話。
わく 【沸く】	風呂が沸く (燒洗澡水)	お風呂があと数分で沸く。 洗澡水再幾分鐘就燒好了。
	血が沸く (血液沸騰)	有名なアイドルを見て彼の血が沸いた。 看到有名的偶像，他的血沸騰了。

わ

關鍵字	搭配詞	例句
わく 【枠】	枠をつける (裝框)	画像の周りに写真風の枠をつける。 在畫像的四周裝上照片風格的外框。
	枠を超える (超出預算)	出費は予算の枠を超えそうだ。 看起來支出會超出預算。
わく 【沸く】	血が沸く (血液沸騰)	最終戦を見て血が沸いて興奮した。 看了最後一戰血液沸騰感到興奮。
	場内が沸く (場內轟動起來)	すばらしい演技に場内が沸いた。 場內因他的精湛演技而轟動起來。
わく 【湧く】	興味が湧く (產生興趣)	自動車の仕事に興味が湧いて入社を決意した。 因為對車子的工作產生興趣，因此決定進入這間公司。
	温泉が湧く (溫泉湧出)	温泉が湧いている井戸が見える。 看得到湧出溫泉的井。
わけ 【訳】	訳が分かる (知道)	なぜ彼があんなに怒っているのか訳が分からない。 我不知道他為什麼那麼生氣。
	訳を説明する (說明理由)	約束の時間に遅れた訳を説明した。 說明在約定時間遲到的理由。

わ

關鍵字	搭配詞	例句
わすれる 【忘れる】	かばんを忘れる (忘記包包)	かばんを電車に忘れた。 把包包忘在電車上。
	予定を忘れる (忘記計劃)	来週の予定を忘れた。 忘記下星期的計劃。
わざ 【技】	技を磨く (磨練技巧)	世界を目指す前に自分の技を磨いて欲しい。 在以世界爲目標之前希望磨練自己的技巧。
	技を競う (競技)	試合は2年に一度開催され、各国のテニス選手が技を競う。 比賽兩年舉辦一次，各國的網球選手互相競技。
わずか 【僅か】	僅かな違い (些微的差異)	数値の僅かな違いによって結果が全く違った。 因爲數值的些微差異導致結果完全不同。
	僅かに覚える (約略記得)	子供頃のことを僅かに覚えている。 我約略記得小時候的事。
わずらわす 【煩わす】	心を煩わす (煩心)	最近、心を煩わすことが多いです。論文とか、試験とか、就職など全部面倒です。 最近有很多煩心的事。論文或考試或找工作等都很麻煩。

關鍵字	搭配詞	例句
	親の手を煩わす (麻煩父母)	私と弟は小さい頃は聞き分けも良く、親の手を煩わす事なかったようです。 我跟弟弟小時候很聽話似乎沒有麻煩父母過。
わすれる 【忘れる】	恩を忘れる (忘記恩德)	両親の恩を決して忘れてはならない。 絕對不可以忘記父母親的大恩。
	財布を忘れる (忘記錢包)	私は財布をバスに忘れてしまった。 我把錢包忘在公車上。
わだい 【話題】	話題をそらす (閃避話題)	彼はいつも明確に答えずに話題をそらす。 他總是不明確回答而閃避話題。
	話題に移る (轉移至話題)	考えがまとまりきらないうちに、会議が次の話題に移ってしまった。 想法都還沒統整，會議就進入下一個話題。
わたす 【渡す】	卒業証書を渡す (遞交畢業證書)	担任の先生が卒業生の名前を一人一人読みあげ、卒業証書を渡した。 導師一個一個念出畢業生的姓名並遞交畢業證書。
	大通りを渡す (過馬路)	孫はおばあちゃんの手を引いて大通りを渡してあげた。 孫子牽著奶奶的手過馬路。

わ

關鍵字	搭配詞	例句
わたる 【亘る】	広範囲に亘る (涉及大範圍)	私の仕事の内容は、営業から販売まで広範囲に亘っています。 我的工作內容從經營到販賣涉及大範圍。
	私事に亘る (涉及私事)	実は、私事に亘って恐縮ですが、去年からフランス語に興味をもち学び始めました。 涉及到私事感到不好意思，事實上我從去年開始對法語有興趣而開始學習。
わたる 【渡る】	橋を渡る (過橋)	狭くて長い橋を渡ると、露天風呂があります。 度過狹長的橋後就有一個露天溫泉。
	他人に渡る (交給他人)	投資が失敗したので、夢の家を他人に渡ってしまった。 因為投資失敗，所以將夢想的家交給他人。
わな 【罠】	罠を掛ける (下圈套)	罠を掛けて兎を取った。 設下圈套抓兔子。
	罠に掛かる (中陷阱)	大きなねずみが罠に掛かった。 大隻老鼠中了陷阱。
わびる 【詫びる】	上司に詫びる (向主管道歉)	自分の不注意を上司に詫びた。 為自己的不注意向主管道歉。

わ

關鍵字	搭配詞	例句
	非礼を詫びる (道歉失禮)	誤りに気づいたら出来るだけ早く心から非礼を詫びる。 發現錯誤時要盡早打從心裡道歉。
わらい 【笑い】	笑いを浮かべる (帶著微笑)	終 始ニヤニヤと口元に笑いを浮かべた。 他始終都是嘴角帶著微笑。
	笑いを抑える (忍住笑意)	私はどうにか笑いを抑えるのに大変苦労した。 我費盡功夫才忍住笑意。
わりあてる 【割り当てる】	予算を割り当てる (分配預算)	本部はこのプロジェクトに十分な予算を割り当ててくれました。 總部分配了充足的預算給這個計劃。
	仕事を割り当てる (分配工作)	割り当てられた仕事はすみやかにやらなければならない。 必須要快速進行被分配到的工作。
わる 【割る】	ガラスを割る (打破玻璃)	泥棒はガラスを割ってから、室内の鍵を開けて侵入した。 小偷打破玻璃，打開室內的鎖闖進去。
	卵を割る (打蛋)	卵をキレイに割るのはなかなか難しいです。 漂亮的打蛋相當困難。

わ

關鍵字	搭配詞	例句
わるい 【悪い】	評判が悪い (評價差)	そのおばあさんは威張っていて評判が悪かった。 那位大嬸很囂張評價很差。
	体に悪い (對身體不好)	寝不足は体に悪い。 睡眠不足對身體不好。
われる 【割れる】	意見が割れる (意見分歧)	意見が割れ、最終決定に至らなかった。 意見分歧還是沒有做出最後決定。
	ガラスが割れる (玻璃破了)	ボールが窓に当たってガラスが割れた。 球打到窗戶玻璃破了。

わ

國家圖書館出版品預行編目資料

用關鍵字學日文／孫金羨編著.
--初版--.--臺北市：書泉，2014.02
　　面；　公分
ISBN 978-986-121-896-0（平裝）
1.日語　2.詞彙
803.12　　　　　　　　102027672

3AJ5

用關鍵字學日文

發 行 人 — 楊榮川

總 編 輯 — 王翠華

編　　著 — 孫金羨

主　　編 — 朱曉蘋

封面設計 — 吳佳臻

出 版 者 — 書泉出版社

地　　址：106台北市大安區和平東路二段339號4樓

電　　話：(02)2705-5066　　傳　　真：(02)2706-6100

網　　址：http://www.wunan.com.tw

電子郵件：shuchuan@shuchuan.com.tw

劃撥帳號：01303853

戶　　名：書泉出版社

經 銷 商：朝日文化

進退貨地址：新北市中和區橋安街15巷1號7樓

TEL：(02)2249-7714　　FAX：(02)2249-8715

法律顧問　林勝安律師事務所　林勝安律師

出版日期　2014年2月初版一刷

定　　價　新臺幣320元